수다스러운 방

수다스러운 방

곤도 마리에×
가와무라 겐키 소설

김윤경 옮김

크래커

일러두기
─본문의 각주는 모두 옮긴이 주석입니다.
─도서에는 『』, 이야기와 노래에는 「」, 영화에는 〈〉를 사용했습니다.

목차

프롤로그

내게는 아무한테도 말 못 한 비밀이 있다.
방에 있는 물건들의 목소리가 들리는 것이다.
옷과 신발, 책과 가구가 모두 말을 걸어온다.

나는 의뢰인의 집 '정리'를 도와주는 일을 한다.
내 옆에 있는 파트너는 보쿠스, 수다쟁이 작은 상자다.

어쩌다 정리가 직업이 된 거야?
어떻게 사물의 소리를 들을 수 있어?
조그만 상자가 업무 파트너라니, 그게 무슨 말이야?
분명 모두 의아해하겠지. 하지만 전부 사실인걸.

내가 정리를 도운 집은 천 곳이 넘는다.
집의 수만큼 거기에서 살아가는 사람들과, 조잘조잘하는
물건들과의 추억이 쌓였다.

이제 그 소소한 이야기를 들려주려 한다.
이것은 내가 직접 만나서 함께 정리한, 조금은 별난 집들
과 거기에 사는 사람들의 이야기다.

ROOM ①

속삭이는 옷장

문을 열고 방으로 들어서자 혼잡한 할인 매장의 냄새가 난다.

향수와 살균 스프레이 향에, 찌든 땀내가 뒤섞여 있다. 벗어서 아무렇게나 던져놓은 옷들이 해안에 밀려온 표류물처럼 켜켜이 쌓였다.

방 안에서 말소리가 들려온다. 몇백 명이나 되는 듯한 여성들의 목소리다.

"또 새로운 애가 온 거야?"

"인제 그만 좀 하지."

"언제쯤 날 입어주려나?"

"그보다 저 여자는 누구지?"

옷들이 일제히 떠들어댄다. 자신이 옷이라는 걸 알고 있는 옷들의 목소리는 그나마 괜찮다. 바닥에 흩어져 쌓여 있는 '한때 옷이었던 애들'은 이제는 무슨 소리인지 알아들을 수도 없는 신음을 뱉어낸다.

"괜찮아. 내가 도와줄게."

나는 흰 원피스에 코디한 빨간 스카프를 목에 고쳐 매고 손바닥을 가슴 앞에 모으고서 깍듯이 인사했다.

"너무 어질러져 있어서… 놀라셨지요?"

등 뒤에서 부끄러운 듯한 목소리가 들렸다.

집 정리를 의뢰한 아이자와 마유코 씨가 고개를 숙인 채 프릴 달린 블라우스 위에 걸치고 있던 앞치마의 끝자락을 꼭 쥐었다.

"아니에요. 제게 의뢰를 하셨다는 건 도저히 혼자서는 정리할 수 없었다는 이야기니까요. 지금부터 어떻게 정리해나갈까, 저는 오히려 가슴 설레는걸요."

뒤돌아 마유코 씨에게 웃어 보였지만 그녀는 여전히 고개를 떨구고 있었다.

"그렇게 흰 옷을 입고 방 정리를 하시면 금세 더러워질 텐데…."

"저한테는 방 정리가 신성한 축제 같은 거라서 늘 제대로 갖춰 입고 일한답니다. 게다가 정리하는 건 어디까지나 마유코 씨예요. 저는 도와드릴 뿐이고요."

나는 가방에서 작은 상자를 꺼내 들고 여기저기 널브러져 있는 옷을 밟지 않도록 조심하면서 방 안쪽으로 들어갔다.

바닥에는 개지 않은 속옷이 잔뜩 쌓였고, 반쯤 빼꼼히 열린 옷장에는 원피스와 코트가 빈틈없이 들어찼다. 한 귀퉁이에 놓인 수납장에서는, 마치 재료가 가득 넘쳐나는 햄버거처럼 티셔츠가 툭툭 삐져나와 있다.

"대체 무슨 일이 일어나려는 거지?"

"왠지 예감이 좋지 않아….”

"그러니까 저 여자 누구냐고?"

나한테만 들리는 옷들의 목소리. 발걸음을 옮길 때마다 불안에 떨며 소곤거리는 목소리가 방 안에 퍼졌다.

"어디서부터 손대야 할지… 도무지 알 수가 있어야죠.”

마유코 씨는 쭈뼛쭈뼛 내 뒤를 따라왔다. 약간 통통한 손으로 주름이 생기기 시작한 목 부분을 불안한 듯이 쓰다듬었다.

"정말로 정리할 수 있을까요?"

"문제없어요. 반드시 정리할 거예요.”

내가 웃어 보이자 옆구리에 끼고 있던 작은 상자가 살며시 열리면서 참견쟁이 소년 같은 목소리로 냉큼 말을 걸어왔다.

"미코! 또 쉽게 말한다! 이번엔 꽤나 골치 아파 보이잖아. 미코는 맨날 그렇게 낙천적이라니까….”

"괜찮아, 괜찮아.”

이 수다스러운 작은 상자는 내 파트너. 이름은 보쿠스다. 이럭저럭 벌써 4년이나 집 정리 일을 함께하고 있다.

보쿠스와 내가 어떤 계기로 단짝이 되었는지 궁금하다

고? 그 이야기는 나중에 다시 하기로 하고 우선은 방 정리를 시작해보자!

◇◇◇◇

"먼저 옷을 전부 꺼내주세요."

내가 첫 임무를 전하자 마유코 씨는 놀라서 눈이 동그래졌다.

"전부… 꺼내라고요?"

"네, 전부요. 이 방에 있는 옷뿐만 아니라 집에 있는 옷을 몽땅 꺼내서 한곳에 모아주세요."

"모처럼 기분 좋게 자고 있으니까 깨우지 말라고!"

"저 여자, 뭘 하려는 거지?"

"우리를 모조리 갖다 버리려는 게 틀림없어!!!"

옷들이 수런대기 시작했다. 나는 그 소리를 흘려들으면서 마유코 씨와 함께 옷장에서 옷걸이에 걸려 있는 옷을 하나씩 꺼냈다. 서랍장 안에 있는 티셔츠며 양말, 모자도 전부 끄집어냈다. 30분 후에는 방바닥에 각양각색의 옷들이 산더미처럼 쌓였다.

"이제 옷은 더 없나요?"

"네, 이게 다일 거예요…."

"틀림없는 거죠? 나중에 옷이 더 나오면 그건 포기해야 해요."

"아… 식탁 의자에 재킷이 걸쳐져 있던 것 같아요. 그리고 침실 벽에도 걸려 있…."

마유코 씨가 황급히 방을 나가더니 재킷과 코트를 안고 돌아왔다. 가까스로 쌓은 옷 산더미에 두 벌을 더 올려놓았다.

"앗, 세탁기 안에도!"

"그건 괜찮아요."

"휴, 다행이네요…."

마유코 씨는 안도의 한숨을 내쉬었다. 미코에게는 그보다 신경 쓰이는 게 있었다. 아파트에서 부부가 함께 산다고 들었는데 집 안 어디에서도 마유코 씨의 남편이 보이지 않았다.

"남편분은요?"

"남편은 관심이 없어요. 이 집에 뭐가 있는지, 제가 어떤 옷을 입는지, 거의 모를걸요."

'뭐야, 뭐야! 부부 사이가 안 좋은 거야?'

보쿠스가 무척 쓸쓸한 표정으로 고개를 숙인 마유코

씨를 흘끗 보더니 다시 떠들기 시작했다. 넌 제발 가만있어, 하고 나는 녀석의 입을 막았다(정확히 말하면 뚜껑을 덮었다).

마유코 씨는 눈앞에 쌓여 있는 옷 더미를 바라보면서 내게 물었다.

"옷은 이게 전부인데… 이제 어떻게 하죠?"

나는 꼭 닫혀 있던 방의 커튼을 젖히고 창문을 열었다. 선선한 가을바람과 함께 하얀 햇살이 방 안으로 비쳐 들어왔다. 아름답게 흘러가는 비늘구름 앞을 작은 새가 날갯짓하며 날아가고 있었다. 눈이 부신 듯 그 새를 바라보는 마유코 씨에게, 내가 말했다.

"우선은 마유코 씨가 이상적이라고 꿈꾸는 생활을 떠올려보세요."

"이상적인 생활이라…."

"앞으로 이 방에서 어떤 시간을 보내고 싶은지. 또렷하게 이미지로 그려보는 거예요."

그런 거 생각해본 적이 없었네, 하고 마유코 씨가 중얼거렸다. 아이들을 탈 없이 다 키워놨으니 이제는 남편과 둘이서 오붓하게 살아가겠거니 여겼다. 그 밖에 다른 삶은 상상도 하지 않았었다. 마유코 씨는 잠시 머뭇거리다가 그대로 입을 다물고 말았다.

나는 그녀의 눈을 가만히 바라보며 알려주었다. 정리하는 데 무엇이 가장 중요한지를.

"지금 당장 대답이 나오지 않아도 괜찮아요. 다만 한 가지 중요한 게 있어요. 물건을 버리는 것도 물건을 소유하는 것도 자신이 행복해지기 위해서예요."

행복, 하고 자신에게 일러주듯이 마유코 씨는 조그맣게 따라 읊조렸다. 눈빛을 보니 그녀는 당혹해하면서도 자신 나름의 대답을 찾아내려고 하는 것 같았다.

나는 옷 더미 앞에 앉아 마유코 씨에게 지시했다.

"지금부터 마유코 씨가 남길 옷과 버릴 옷을 고르세요."

"어떻게요?"

"가슴이 설레는지 아닌지로 결정하시면 돼요."

"설레는 건지… 어떻게 알죠?"

"간단해요. 물건을 만져보면 그때 알 수 있어요. 설레는지 아닌지."

마유코 씨는 불안한 듯한 표정으로 나를 보았다. 어느 정도 논리적인 정리법을 가르쳐줄 거라고 기대하고 있었는지도 모른다.

"거봐, 역시… 이번에도 미심쩍어하잖아!"

옆구리에 숨겨둔 작은 상자 보쿠스가 깐족거렸다.

"시끄러!"

"늘 생각하는 건데 말야, 미코가 쓰는 방법은 왠지 오컬트 같다고 할까, 전혀 과학적이지 않거든. 그러니 모두 미심쩍어하는 것도…."

"가만 있으라니까!"

"네? 왜 그러세요?"

마유코 씨가 내 손을 바라보았다. 아뇨, 아무것도 아네요! 하며 나는 당황해서 보쿠스를 등 뒤로 감추고 고개를 가로저었다. 상자랑 대화한다고 말했다가는 더 수상쩍게 여길 거야.

'설레는지 아닌지로 남길 옷을 고른다.'

이렇게 알려주면 대부분의 의뢰인은 당혹스러운 표정을 짓는다. 개중에는 나를 마치 수상쩍은 점술가처럼 보는 사람도 있다.

하지만 일단 시도해보자. 만지는 물건에 따라 분명히 몸의 반응이 달라진다. 한곳에 모은 물건을 하나씩 손으로 만져보고 가슴이 두근두근 설레는 물건은 남기고 아무 느낌도 없는 물건은 버린다. 그렇게 가리다 보면 필요한 물건만 남는다.

본래 정리를 할 때 선택해야 하는 것은 버릴 물건이 아니라 남길 물건이다. 갖고 있으면 가슴이 두근거리고 설레는 물건, 행복이 느껴지는 물건만을 남기고 그렇지 않은 나머지를 버리는 것이 정리의 첫걸음이다.

"하지만 대체 어디서부터 손을 대야 할지 막막해요."

"제가 권하는 방법은 철 지난 옷부터 시작하는 거예요."

나는 철 지난 반바지를 손가락으로 가리켰다.

"왜죠?"

마유코 씨는 얄팍한 셔츠를 집어 들었다.

"마침 지금 입고 있는 옷은 설렘 센서가 냉정하게 작동하지 않거든요. 어제 새로 입은 건데, 또는 입을 게 없어지면 곤란해, 하고 생각하게 되니까요."

"정말 그렇겠네요."

"그리고 철 지난 옷에 가슴이 두근거리는지 아닌지를 확인하는 기준은, 다음 계절에 꼭 다시 만나고 싶은가 하는 거예요. 오래 입은 옷을 버릴 때는 지금까지 애써줘서 고맙다는 인사를 잊지 말아야 하고요. 그럼 일단 해볼까요?"

내 말에 이끌려 마유코 씨는 주뼛주뼛 옷 더미로 손을 뻗쳤다.

"날 입으면 젊어 보여!"

미니스커트가 말을 걸어왔다.

"난 예뻐 보이게 해!"

리본 달린 블라우스가 이어 말했다.

"날 입으면 날씬해 보이거든."

허리선이 잘록하게 들어간 원피스가 질세라 큰소리로 외쳤다.

"모두들 엄청나게 들이대는군…."

보쿠스가 중얼거렸다. 그런 말 하는 거 아냐, 하고 나는 보쿠스를 나지막이 타일렀다.

마유코 씨에게는 들리지 않지만, 옷들이 속삭이는 소리는 전부 '가슴 설레는 말'이다.

젊어 보인다, 예뻐 보인다, 날씬해 보인다.

달콤한 말들이 끊임없이 날아다닌다. 하지만 정작 그 옷을 손에 들고 있는 마유코 씨의 표정에는 어쩐지 설렘이 조금도 없다.

나는 원피스를 손에 든 채 가만히 있는 마유코 씨에게 물었다.

"어때요? 가슴이 설레시나요?"

"이건… 아직 한 번도 안 입었어요."

나의 물음에는 대답하지 않고 마유코 씨가 중얼거렸다.

짚이는 데가 있어 나는 그 원피스를 뒤집어 보았다. 아니나 다를까, 가격표가 고스란히 붙어 있었다.

"한 번도 입지 않은 옷이라도 설레지 않는다면 버리는 게 나아요."

"아까운데⋯."

"하지만 샀다는 사실조차 잊고 계셨던 거죠?"

정리하러 여러 집을 다니다 보면 가격표가 붙어 있는 옷이나 제품 상자에 그대로 들어 있는 속옷을 자주 만난다. 그들은 집 안 어딘가에서 서먹서먹한 분위기를 내고 있다.

이렇듯 '매장의 상품'인 채로 지내고 있는 옷은 주인이 입어줄 일이 없다. 언젠가 입어야지 생각만 하다가 어느새 몇 개월, 몇 년이 훌쩍 흘러간다. 그렇게 되지 않으려면 사 오자마자 바로 포장을 풀고 가격표를 떼라고, 나는 늘 권한다.

옷이 '매장의 상품'에서 벗어나 '우리 집 아이'로 다시 태어나게 하려면 매장과 이어져 있는 '탯줄'을 깔끔하게 잘라주는 의식이 필요하다.

원피스의 정글을 헤쳐나가자 이번에는 셔츠의 군락이

나타났다. 자세히 들여다보니 색깔만 다르고 모양은 똑같은 셔츠가 두 개 있다.

"마유코 씨, 이건?"

"디자인이 너무 마음에 들어서 다른 색으로 두 개를 샀거든요."

마유코씨가 하늘색과 분홍색 셔츠를 양손에 들어 올렸다.

"가끔은 너도 일하란 말이야!"

하늘색 셔츠의 목소리가 내 귀에 날아들었다.

"뭐라고? 항상 언니만 선택받으면서. 늘 집에서 기다리기만 하는 내 입장이 되어보라고!"

분홍색 셔츠가 맞받아쳤다.

"너는 노력이 부족한 거야. 네가 선택받을 수 있도록 자신을 가꿔야지."

"언니랑 나는 달라! 언니의 잘난 척도 이제 지긋지긋해!"

물론 마유코 씨에게는 옷들이 다투는 소리가 들리지 않는다. 그녀는 고민 끝에 하늘색 셔츠를 남겨두고 분홍색 셔츠를 버리기로 했다.

"드디어 헤어지는군!"

"속이 다 시원하네!"

"무섭네, 셔츠 자매 싸우는 거."

보쿠스가 상황을 살펴보려고 천천히 뚜껑을 들어 올렸다.

"하지만 보쿠스, 잘 봐봐. 어쩔 수 없는걸."

"확실히 하늘색 언니 쪽은 자주 입은 티가 나네. 깨끗하게 드라이클리닝도 되어 있고, 어딘가 생기가 넘쳐나. 그에 비하면 분홍색 동생은 사 올 때 그대로 쇼핑백에 담겨 있고 말이지."

옷을 정리하다 보면 가끔 이런 '자매 싸움'에 맞닥뜨리곤 한다. 같은 셔츠나 바지를 두 가지 색상으로 사놓고도 사람들은 대부분 하나밖에 입지 않는다. 자매인데도 어느 한쪽만 사랑받는다니 안쓰럽다.

더 신기한 것은 같은 디자인에 같은 색상으로 완전히 똑같은 옷을 두 개 샀을 때도 이런 일이 일어난다는 사실이다. 똑같은 옷인데도 둘 중 하나만 입는다. 이런 불합리함 때문에 '쌍둥이'의 싸움 역시 치열할 때가 많다.

"이것도 설레지는 않지만, 살 때는 마음에 들었거든요."

마유코 씨가 몇 번 입지 않은 분홍 트위드재킷을 아쉽다는 듯 보고 있다. 재킷에 달린 검정 단추가 새것처럼 아름답게 빛나고 있다. 마음에 들어서 샀다면서도 재킷은 수납 상자 안에 접힌 채로 보관되어 있었다.

겹겹이 쌓아 올려져 수납되어 있는 옷들은 아래쪽에 끼어 있는 옷일수록 입는 빈도가 낮아진다. 사 왔을 때는 굉장히 좋아했을 텐데 왠지 설레지 않게 된 옷은 대부분 서랍 속에서 접힌 상태로 오래 방치되는 경우가 많다.

"사랑받고 싶었어…."

재킷이 내는 쉰 목소리가 들려왔다.

문득 어떤 느낌이 휙 지나가 나는 재킷 주머니에 손을 넣었다. 주머니 속에서 절취선이 잘린 영화표 반쪽이 나왔다. 5년 전에 무척 인기를 끌었던 로맨스 영화였다. 접힌 자국 하나 없는 영화표에서는 5년이라는 세월이 조금도 느껴지지 않았다.

"남편이랑… 같이 봤던 영화예요."

내가 손에 든 영화표를 바라보고 있자, 마유코 씨가 작은 목소리로 말했다.

"그때는 남편과 함께 외식도 하고 영화도 보고 그랬어요. 요즘은 그럴 일이 없지만…."

뭐라고 대꾸할 말을 찾을 수가 없었다. 정리란 때때로 잔혹한 현실을 들이밀기도 한다.

"뭐야 뭐야, 역시 부부 사이 심각한 거냐?"

보쿠스가 끼어들었다.

"너랑은 상관없잖아."

마침내 나는 화가 울컥 치밀어 보쿠스의 입_{다시 말하지만 뚜껑}을 반강제로 닫아버렸다.

"역시 더는 설레지 않아." 마유코 씨가 재킷을 껴안으며 말했다.

"이 옷만 그 추억을 소중히 끌어안고 있는 것 같네요."

"마유코 씨, 제가 보기에도 그 옷은 인제 그만 떠나보내주기를 원하는 것 같아요. 바깥세상으로 나가고 싶다고 말하고 있어요."

나는 그녀가 결심하는 데 도움을 주려고 한마디를 거들었다.

왜 이 옷을 샀던 걸까? 왜 입지 않게 되었을까?

물건과 작별할 때 고민하는 과정은 결코 헛되지 않다. 버릴 수 없다고 생각한 물건이라도 그 물건이 지닌 진정한 역할을 다시금 생각해보는 것은 중요한 일이다.

이 옷의 역할은 '이런 옷은 나에게 어울리지 않아' 하고 알려주는 것이었다고 깨닫는 경우도 많다. 그렇다면 그 옷은 자신의 역할을 충분히 해냈다고 할 수 있다.

너를 산 순간 두근거리게 해줘서 고마워. 내게 어떤 옷이 어울리지 않는지를 알게 해줘서 고마워. 그렇게 말하고 떠나보내면 된다.

물건을 제대로 마주한 뒤에 보내주면 다른 형태로 되돌아오기도 한다. 실은 이걸 갖고 싶었던 거구나, 라고 할 물건을 만나게 되는 경우도 많다. 성불한 영혼이 다시 태어나 내게로 돌아올 거라고 믿듯이 물건을 떠나보내자.

◇◇◇◇

마유코 씨는 두 시간에 걸쳐 설레는 옷과 그렇지 않은 옷을 구분해 나갔다. 마침내 최종적으로 바닥에 가지런히 놓인 설레는 옷의 개수는 설레지 않는 옷보다 훨씬 적었다. 남길 옷이 너무 적어서 솔직히 놀랐다.

"전부 마음에 들었던 옷이에요."

버리기로 결정한 옷들을 만지작거리며 마유코 씨가 말했다.

"하지만 이제는 다 입지 않는 옷인걸요. 모두 설레었었는데… 왜일까요?"

나는 가라앉은 분위기를 바꾸려고 손뼉을 마주치면서

목소리를 높였다.

"자, 설레는 옷을 남겼으니 이제 수납해 볼까요?"

그러고는 보쿠스한테 자그마한 소리로 속삭였다.

"보쿠스, 네가 나설 차례야."

"오케이!"

보쿠스가 마유코 씨의 눈에 띄지 않는 곳으로 가서 나른한 듯 입을 벌리자, 그 안에서 보쿠스보다 약간 작은 상자, 그 상자 안에서 더 작은 상자, 그리고 더 작은 상자가 마치 마트료시카처럼 계속해서 튀어나왔다.

나는 빈 상자들을 모두 사용해 수납공간을 만들었다. 수납은 상자만 있으면 문제없다고 해도 과언이 아니다. 보쿠스의 지시에 따라 작은 상자들이 차례차례 입^{뚜껑}을 벌렸다. 준비 완료. 드디어 수납 개시!

하지만 마유코 씨는 허둥댔다.

"어디에 뭘 넣어야 할지…."

옷장에 서랍장, 의류 수납장과 골판지 상자. 눈앞에 펼쳐진 다양한 선택지에 우왕좌왕하기만 했다.

"진짜 우유부단하네! 그러니까 물건이 자꾸 쌓이지!"

보쿠스가 짜증이 났는지 뚜껑을 덜그럭거렸다. 나는 그 입을 꾹꾹 누르면서 마유코 씨에게 미소를 지어 보였다.

"제 정리 비법은 쉬워요. 두 가지만 하면 되는걸요."

"두 가지만이요?"

"물건을 버릴지 말지를 판별한다, 그리고 물건을 놓을 제 위치를 정한다. 이 두 가지예요."

"제 위치라….'"

"설레는 물건을 남겼다면 다음은 그 물건을 어디에 넣어둘지 결정하는 거예요. 그렇게만 해도 집 안이 아주 깨끗해지죠. 다시 어지럽혀지지 않아요."

"하지만 그걸 어떻게 정해요?"

"우선, 개어서 보관할 옷과 옷장에 걸어둘 옷을 따로 나누는 거예요."

마유코 씨가 바닥에 늘어놓은 옷들에게로 시선을 보내자 옷들이 그 순간 앞다퉈 자신을 어필하기 시작했다.

"그동안 의류 상자 안에서 너무 답답했어. 이제 옷장에서 자유롭게 살고 싶어!"

주름이 촘촘히 들어간 스커트가 기지개를 켰다.

"이 몸을 접어두는 건 단호히 거절하겠습니다. 질 좋은 옷걸이를 준비해주세요. 이 몸의 체면 문제니까요!"

테일러드재킷이 목소리를 높였다.

나는 그 모습을 힐끔 보면서 제안했다.

"걸려 있는 걸 더 좋아하는 옷은 옷걸이에 걸죠."

"걸려 있는 걸 더 좋아한다고요?"

"미코 너! 또 그렇게 말하면 어떡해? 진짜 이상하게 생각한다고."

나는 보쿠스의 잔소리에는 아랑곳하지 않고 말을 이어갔다.

"바람이 불면 살랑살랑 흔들리며 기뻐할 듯한 스커트나 접히기를 거부할 것 같은 재킷은 옷걸이에 걸기로 해요."

"미코 씨는 참 재미있게 말씀하시네요. 마치 옷이 하는 말이 들리는 것처럼요."

"진짜 들리는 거거든요."

보쿠스가 혀^{핑크색 리본}를 쏘옥 내밀었다.

나는 롱 코트를 집어 옷걸이에 걸었다.

"그렇게 정했으면 옷장에 우상향 순으로 걸면 돼요."

"우상향 순이요?"

"기장이 길고 원단이 두껍거나 짙은 색 옷을 왼쪽에 걸고, 오른쪽으로 갈수록 기장이 짧고 얇거나 색이 연한 옷을 거는 거예요. 카테고리별로 말하자면 왼쪽부터 코트, 원피스, 재킷, 바지, 스커트, 블라우스 순으로요. 이렇게 종류만 나눠도 옷들이 안심하거든요."

"안심한다니… 참 재밌는 표현이네요."

마유코 씨가 미소를 지었다.

"뭔가 멋지지 않아요? 우상향의 법칙!"

내가 손가락 끝을 오른쪽 위로 쭉 올려 보이자, 마유코 씨는 우상향 순으로 걸린 옷들을 쳐다보았다.

"확실히 다들 기뻐 보여요."

"이번에는 옷을 개볼까요? 개기만 해도 두 배, 세 배는 더 수납할 수 있어요."

"그렇게나요?"

"네. 종이접기 문화를 응용한 거죠."

"옷을 갤 때도 요령이 있을까요?"

마유코 씨가 니트를 손에 든 채 고개를 갸웃거렸다.

나는 손에 든 티셔츠를 손바닥으로 쓰다듬으며 대답했다.

"옷과 대화하는 거예요. 항상 보호해줘서 고맙고, 따뜻하게 해준 데 감사하다는 마음을 담아 손바닥으로 애정을 전하듯이 개보세요. 그러면 옷도 생기가 넘쳐서 오래 입을 수 있어요."

"그렇군요. 예로부터 물건을 소중히 다루라는 말을 들어왔는데, 그게 이런 의미일지도 모르겠네요."

마유코 씨와 나는 바닥에 앉아 티셔츠와 니트를 하나하나 네모반듯하게 접었다. 보쿠스가 작은 상자들에게 지시를 내려 접어둔 옷을 차례차례 넣었다.

"괴, 괴로워."

"수, 숨 막혀."

갑자기 헐떡이는 소리가 들려 돌아보니 마유코 씨가 스타킹은 묶고 양말은 뒤집어서 정리하고 있었다.

"그거, 괴로워 보여요!"

생각지도 않게 큰 소리가 튀어나왔다.

"네?"

"스타킹을 묶거나 양말을 뒤집지 마세요. 잘 접어주세요."

나는 묶여 있는 스타킹을 풀며 정성스레 접어 보였다.

"이렇게 접은 스타킹은 모양이 흐트러지기 쉬우니까 작은 상자에 꼭꼭 넣어주세요. 이렇게 해야 다른 옷이 정리된 곳을 침범하지 않아 수납장이 평화로워지거든요."

◇◇◇◇

"이건 누구 건가요?"

"제 건데요."

"이제… 안 입으시죠?"

"네, 아무래도요."

옷을 거의 다 정리하고 나니 텅 빈 방바닥에 교복만이 덩그러니 놓여 있었다. 커다란 상자에 담아 옷장 맨 안쪽 깊숙이 숨기듯 놓아두었던 그 옷을 마유코 씨는 가장 나중에 끄집어냈다.

"그렇지만 아무래도 버릴 수가 없네요."

마유코 씨가 부끄러운 듯이 고개를 떨궜다.

갑자기 소녀의 웃음소리가 들렸다.

나는 교복에 손을 갖다 댔다. 2인용 자전거를 타고 호숫가를 달리는 여고생 마유코 씨의 모습이 뇌리를 스쳤다. 그 자전거의 페달을 힘차게 밟고 있는 사람은 교복 차림의 키 큰 남학생이다. 교복을 입은 마유코 씨는 뒷자리에서 남학생의 등허리를 꼭 껴안고 함빡 행복한 미소를 짓고 있다.

"미코, 뭔가 봤어?"

"응."

이제야 일을 끝마친 보쿠스가 뚜껑 한쪽이 벗겨진 채 비틀비틀 다가왔다.

내가 물건을 만지면 물건이 주인과의 추억을 나에게 공유하기도 한다.

"뭐였어?"

"마유코 씨가 고등학생 때….'

방 한가운데서 교복을 끌어안고 있는 마유코 씨가 속삭이듯 말을 꺼냈다.

"친구한테 잘 어울린다고 처음으로 칭찬받은 옷이 바로 이 교복이었어요. 계속 옷맵시에 자신이 없었던 터라 너무나도 기뻤죠. 그 덕분인지는 모르겠지만, 입학 때부터 좋아하던 남학생에게 고백을 받아 사귀게 되었어요. 그 뒤로도 고등학교, 대학교를 쭉 함께 붙어 다녔고요."

"멋진 이야기네요."

순정 만화 같은 스토리에 내 목소리마저 들떴다.

"그 남자친구와 결혼한 거예요. 하지만….'

'그 남자친구'는 이제 집에 뭐가 있는지도 모르고, 아내가 어떤 옷을 입고 있는지에도 관심이 없다. 이제 같이 영화를 보러 가는 일도 없고 집 정리도 함께 하지 않는다.

"마유코 씨, 한번 입어보실래요?"

"네?"

"그 교복이요."

내가 권하자 마유코 씨의 눈이 휘둥그래졌다.

"이런! 무슨 소리 하는 거야, 미코!"

보쿠스가 뚜껑을 팍하고 열었다.

"네, 입어볼게요."

의외로 마유코 씨에게서 시원스러운 대답이 돌아왔다. 그 자리에서 앞치마를 벗고 교복을 입기 시작했다.

"우아… 진짜 입다니!"

보쿠스가 눈을 가리듯 뚜껑을 닫았다.

옷을 갈아입은 마유코 씨를 거울 앞에 세웠다. 그녀는 조심스럽게 거울을 들여다보았다.

거울에 비친 모습은 틀림없이 교복을 입은 중년 여성이다. 고등학생 때와 비교하면 몸은 꽤 통통해졌고 얼굴과 목에는 주름이 자리 잡았다.

마유코 씨는 손으로 얼굴을 감쌌다. 그 어깨가 흔들렸다.

"이봐 미코, 대체 무슨 일을 저지른 거야?"

보쿠스는 나를 탓했지만 나는 마유코 씨를 가만히 쳐다보았다. 이 행동에는 분명 의미가 있다. 그렇게 확신했다.

그때 갑자기 마유코 씨가 웃음을 터트렸다. 떨리면서도 참지 못해 소리가 흘러나왔다.

아하하하!!! 그 소리는 어느새 커다란 웃음소리로 바뀌었다. 이게 뭐야! 아줌마가 교복을 입고 있네!

"설마 미친 거야? 아니, 괜찮겠지?"

보쿠스가 당황해서 나를 쳐다봤다. 괜찮아, 하고 나는 대답했다.

"버릴래요…, 이 교복."

한참을 웃고 난 뒤 마유코 씨는 눈꼬리에서 흘러나온 눈물을 손가락으로 닦았다.

"그리고 저 남편이랑 헤어질 거예요."

마유코 씨는 딱 부러지게 말했다. 이제야 결심이 섰어요, 하고 개운한 표정으로 웃었다.

"이제 잊어도 된다고, 이 옷이 속삭이는 것 같았어요."

나는 아무 말 없이 마유코 씨를 바라보았다. 그녀는 교복을 벗고 얼마 안 되는 '가슴 설레는 옷' 중에서 디자인이 심플하면서도 실루엣이 아름다운 셔츠와 바지를 골라 입었다.

"결혼하고 나서 두 아들이 태어났고, 이제는 둘 다 무사히 대학을 졸업해 사회인으로 일하기 시작했어요. 아이들을 다 키워내고 남편과 둘이서 살게 되었는데, 이제야 확실히 깨달았네요. 저도 남편도 더는 서로에게 관심이 없다는 거…."

마유코 씨는 교복을 벗더니 버리려고 모아놓은 옷더미 위에 살짝 올려놓았다.

　"전 그런 제 자신을 줄곧 인정할 수 없었나 봐요. 젊을 때의 모습 그대로 있고 싶어서, 예전의 자신을 되찾고 싶어서 '젊어 보이는 옷'이나 '옛날에 잘 어울렸던 옷'만 샀던 거죠. 그래서 '지금의 나에게 어울리는 옷'이 없는 거예요. 이렇게나 옷이 많은데도 가슴 설레는 옷도 없고 입을 옷도 없어요."

　나는 늘 생각한다. 정리란 자신의 마음과 마주하는 일이라고.

　사랑하지 않은 옷들과 함께 지내는 동안 마유코 씨는 자신에게 어울리는 옷이 어떤 건지, 자신이 무얼 사랑하는지를 알 수 없게 되었던 것이다. 물건을 정리하면서 사람은 그동안 눈을 돌려 외면해 온 문제를 깨닫게 되고 싫든 좋든 해결할 수밖에 없게 된다. 그것은 진정한 행복을 찾기 위한 첫걸음이기도 하다.

　"왜 미코 씨에게 정리를 도와달라고 하고 싶었는지, 이제야 알았어요. 나는 사랑할 수 있는 것들로만 둘러싸여 살고 싶었어요. 인생에 무엇이 필요하고 무엇이 필요 없는지 알고 싶었죠. 당신이 말한 대로 나는 행복해지기 위해서 과거를 정리하고 싶었던 거예요. 그러니까 미코 씨, 고마워요. 아아, 울지 말고요."

그 말을 듣고서야 비로소 나는 내 눈에서 눈물이 흐르고 있다는 것을 알았다. 내가 왜 우는 건지는 나도 모른다.

"마유코 씨…."

하고 싶은 말이 잔뜩 있는데 목소리가 나오지 않았다.

평소에는 그렇게나 수다스럽던 보쿠스도 아무 말 없이 곁에 있어 주었다.

우리들 눈앞에서 마유코 씨는 햇살이 비쳐 들어온 깨끗한 방안을 둘러보았다. 선선한 바람이 불어 들어와 옷장 안에 있는 옷들이 기분 좋게 흔들리고 있다.

"지금의 당신에게 어울리는 옷, 분명 찾게 될 거예요."

옷 더미 속에 놓인 교복의 목소리가 내 귀에 들어왔다.

"앞으로 뭘 하면 좋으려나요. 당신처럼 정리를 직업으로 하지는 못하겠지만, 전 빵을 아주 잘 만들어요. 요즘은 동네 빵집에서 아르바이트를 하고 있는데 정말 즐거운 거 있죠. 언젠가 자그마한 빵집을 열고 싶다는 어릴 적 꿈이 다시 생각났어요."

실루엣이 아름다운 옷을 걸친 마유코 씨를 햇살이 비춘다. 세월을 정성껏 쌓으며 나이 들어온 여성만이 지닐 수 있는 강인함과 아름다움이 거기에 있었다.

"멋져요. 언젠가 마유코 씨가 빵집을 열면 꼭 갈게요."

"고마워요. 그땐 맨 먼저 미코 씨를 초대할게요."

웃고 있는 마유코 씨의 표정은 개운하고 맑아 보였다.

ROOM ②　　　　노래하는　서재

계단을 올라 2층 안쪽에 있는 문을 연 순간, 파도가 덮쳐오듯 수많은 노랫소리가 들려왔다. 책들이 노래를 부르고 있다. 서재 벽 삼면을 두르고 있는 책장에는 크고 작은 책들이 가로, 세로, 그리고 비스듬히 뒤섞여 마치 복잡한 퍼즐처럼 채워져 있다.

책장마다 빼곡히 들어차 있어 선반에서 밀려난 책들이 책상 위는 물론이고 바닥에까지 산더미처럼 쌓여 있다. 모두 각자의 멜로디를 저마다의 노랫소리로 울려대고 있었다.

"엉망진창 오케스트라 같아, 미코."

내 옆구리에 끼워져 있던 보쿠스가 눈살을 찌푸렸다.

"쉿, 그런 말 하면 안 돼. 가만히 귀를 기울여봐."

나는 눈을 감고 책들이 부르는 노랫소리에 귀를 기울였다. 내가 정리를 하려고 만나는 책들은 언제나 노래를 부른다.

수예와 가드닝 책이 즐비한 책장에서는 경쾌한 보사노바가 들려온다. 만화로 가득 찬 책장에서는 아이돌 송과 로큰롤, 펑크, 테크노 음악이 뒤섞여 어쨌든지 간에 시끌벅적하고 활기차다. 그림책에서는 아이들의 해맑은 노랫소리가, 시집에서는 샹송과 더불어 랩이 들려오기도 한다. 바로크풍의 격식 있는 클래식 합창이 들린다면 책장이 철학서와 학술서로 꽉 차 있는 경우가 많다.

집주인의 인생이 책장에 응축되는 셈이다. 어떤 책이 있느냐에 따라 들려오는 음악이 달라진다. 그러니 노랫소리를 듣기만 해도 의뢰인이 어떤 사람인지를 알 수 있다.

하지만 오늘은 당최 짐작이 가지 않는다. 방 안에서 울려 나오는 음악이 마구 뒤섞여 있어 도무지 종잡을 수가 없다.

"미코, 어때?"

꽤 오랫동안 눈을 감고 있던 나를 보쿠스가 옆에서 쿡쿡 찔렀다(정확히 말하자면 상자 모서리로 쿡쿡 찔렀다).

"음… 전혀 감이 안 잡혀."

"거봐, 역시 형편없는 밴드 같아."

"엉망진창 오케스트라 아니었어?"

"그게 그거지."

거만한 말투로 내뱉은 보쿠스는 입투껑에서 혀분홍색 리본를 쏙 내밀었다.

"아, 이 방은 정리하지 않아도 됩니다."

남자 목소리가 들려 뒤를 돌아보니 미도리카와 구니오 씨가 문밖에서 이쪽을 보고 있었다.

먼저 시작한 옷 정리를 마치고 나를 따라 2층 서재로 올라온 모양이다.

미도리카와 씨는 둥그스름한 얼굴에 두툼한 별갑테 안경을 쓰고 잿빛 머리칼을 단정히 쓸어 넘긴 헤어스타일을 하고 있었다. 분명 꼼꼼한 성격일 것이다. 실내인데도 트위드재킷을 입고 있다.

"네? 왜요?"

놀란 나머지 고음이 튀어나왔다. 이렇게 어질러져 있는데 치우지 않아도 된다니 무슨 말이지?

"책은요, 뭐 어쩔 수 없지 싶어서요."

"하지만 꽤나 어질러져 있는데요."

"알고는 있지만 도무지 어떻게 할 수가 없달까요…. 아내한테 한 소리 들어서 하고는 있지만, 사실 전 물건에 둘러싸여 있지 않으면 안정이 되지 않는다고 할까, 이미지가 떠오르지 않는다고 할까…. 애초에 미니멀리즘 같은 건 저하곤 안 맞아서…."

미도리카와 씨가 우물쭈물하며 어마어마한 수의 책들을 외면했다.

"나 여기 있다고! 넌 이걸 읽어야지!"

록을 부르는 소리가 들려왔다.

"옛날에는~♪ 매일같이 나를 읽더니~♪"

애수 어린 포크송이 이어졌다.

"나 같은 건 읽기는커녕 펼쳐보지도 않는다구욧♪"

날카로운 목소리로 소프라노가 독창을 시작했다.

"너희들은 여전히 책장에서 편안해! 나는 줄곧 바닥에서 고독해! 언제까지 계속해! 이렇게 쌓아놓기만 해!"

여러 멜로디를 비트 삼아 랩의 운율이 파고들었다.

방으로 들어가려고조차 하지 않는 미도리카와 씨에게 절규에 가까운 노랫소리가 쏟아지고 있었다.

물론 그들의 노랫소리는 미도리카와 씨에게 들리지 않는다.

"이번엔 시끄러운 오페라네, 미코."

"가만히 안 있을래!"

내가 보쿠스의 머리를 누르며 거친 목소리를 내자 미도리카와 씨가 의아한 표정으로 나를 쳐다보았다.

"왜 그러세요?"

"아, 아니요, 아무것도 아니랍니다~♪"

책들의 노랫소리를 따라 나도 모르게 노래하듯이 대답하고 말았다. 느닷없이 노래를 부르기 시작하는 뮤지컬도 아니고, 이래서는 완전 이상한 사람이다. 나는 얼버

무리듯 얼른 분위기를 바꾸려고 쌓여 있는 책 쪽으로 눈을 돌렸다.

"그럼 미코 씨, 다른 방 정리를 부탁드릴게요."

미도리카와 씨는 서재를 한 번 둘러보더니 멋쩍은 듯 등을 돌렸다. 나는 황급히 소리쳤다.

"저기요!"

"네?"

"처음에도 말씀드렸지만, 정리는 제가 아니라 미도리카와 씨가 하는 거예요."

"아 참, 그랬죠. 죄송합니다."

"이대로 두면 무엇이 소중한 건지도 모르는 채 지내게 됩니다."

오늘 아침 이 주택을 찾아왔을 때 미도리카와 씨는 아내가 웬만하면 정리하라고 단호히 말했다면서 멋쩍은 표정으로 나를 맞아주었다.

"해가 지날수록 물건이 많아지는 건 어쩔 수 없지요."

"책이 제일 많은데요…."

미도리카와 씨가 발길을 멈췄다. 내 쪽을 돌보는 미도리카와 씨에게 이걸 보라는 듯이 나는 집게손가락으로 책상 위에 놓인 책 표지를 쓰윽 쓸었다. 손가락 끝에 먼지가 뽀얗게 묻어 나왔다.

"트집 잡으려는 시어머니 같아, 미코."

입뚜껑을 살짝 벌린 보쿠스가 어이없다는 듯 웃었다. 나는 보쿠스를 무시하고 말을 계속했다.

"정리에는 순서가 있어요. 우선 옷, 그다음에 책과 서류, 그리고 생활용품과 잡동사니, 마지막으로 추억이 담긴 물건. 이 순서대로 해주세요. 순서를 바꾼다거나 건너뛰지 마시고요."

"하지만… 책은 정말 어떻게 할 재간이 없는걸요."

"아까 옷 정리는 잘하셨잖아요. 똑같아요."

오늘 미도리카와 씨가 제일 먼저 착수한 옷 정리는 두 시간도 채 안 돼 끝났다. 원래 옷가지가 얼마 없기도 했지만 미도리카와 씨가 설레는 옷과 그렇지 않은 옷을 순식간에 골라냈던 것이다. 나는 멋쟁이도 아닐뿐더러 옷에는 별로 집착하지 않으니까요, 하고 그는 자조하듯이 말했다.

"그렇지만 책만큼은 버릴 자신이 없어요."

"왜요?"

"이제 곧 정년인데 말이오. 난 오랫동안 신문기자로 문화면을 담당했거든요."

"그래서 다양한 책들을 가지고 계신 거군요. 독서가세

요."

"독서가라기에는 뭔가 쑥스러워서 다독가라고 자칭하긴 합니다. 그런데 전 제가 산 책, 선물받은 책, 읽은 책, 안 읽은 책 상관없이 책이라면 한 권도 버릴 수가 없더라고요. 그래서 서재가 이 모양이죠… 한심하기 짝이 없군요."

수많은 집의 책장을 볼 때마다 생각한다. 책이란 주인의 소망 그 자체라고.

'먹으면 안 된다' '사면 안 된다' '믿어서는 안 된다' 그런 공포가 줄지어 있는 책장이 있는가 하면 '이런 사람이 되고 싶어' '이런 걸 해보고 싶어' 하는 바람이 가득한 책장도 있다.

말하자면 이 서재는 모리카와 씨에게 '염원의 숲'이었다. 그러니 버리기가 어려웠겠지.

"미도리카와 씨, 책이 많은 게 잘못된 건 아니에요. 한 권 한 권 소중히 할 수 있으면 되니까요. 한 권도 버리지 않겠다고 판단하셔도 좋으니, 우선 책장에서 전부 꺼내죠. 지금 이 상태는 흡사… 책의 무덤이라서요."

나는 일부러 심한 표현을 골랐다.

책 정리는 만만치 않은 작업이지만 일단 다 꺼내놓기만 하면 정리에도 탄력이 붙는다.

"무덤…이라."

미도리카와 씨는 말을 끊더니 문밖에서 서재를 들여다보았다. 잠시 책들을 물끄러미 바라보다가 마침내 결심을 굳혔는지 방 안으로 발을 들여놓았다.

"협조해 주셔서 감사해요."

내가 고개를 숙이자, 미도리카와 씨가 나야말로 어린애같이 고집을 부려서 미안하군요, 하며 머리를 긁적였다. 신경질적인 사람인 줄 알았는데, 낯가림이 심하고 소심할 뿐인지도 모른다. 나는 그에게 용기를 북돋워주려고 웃어 보이고는 마음을 다잡듯이 목에 두른 빨간 스카프를 힘주어 고쳐 맸다.

◇◇◇◇

"그럼 옷을 정리했을 때처럼 전부 꺼내서 바닥에 펼쳐놓읍시다."

"이걸 언제 다 하냐…."

미도리카와 씨가 힘없이 중얼거리며 안쪽 책장부터 정리하기 시작했다.

책을 덮고 있던 먼지가 방안에 흩날리다 책상 위에 놓

인 작은 책상 스탠드 불빛에 비쳐 반짝반짝 빛났다.

"그런데… 왜 이렇게 손이 많이 가는 일을?"

미도리카와 씨가 양손에『폴 세잔』과『아메데오 모딜리아니』등 두툼한 화집을 움켜쥐며 물었다.

"어차피 책장에 그대로 남겨둘 책도 많은데."

"책을 다 꺼내시라고 한 이유는 두 가지예요. 첫째는 책의 양을 파악하기 위해서. 그리고 둘째는 '책을 깨우기 위해서'랍니다."

"책을 깨운다고요?"

"또 시작했군, 미코의 정리술사 같은 말투! 그만 좀 해…. 그러니까 늘 수상쩍어하잖아."

보쿠스가 어처구니없어 하며 참견했지만 나는 개의치 않고 말을 계속했다.

"책뿐만 아니라 옷도 잡화도 마찬가지지만 수납된 채로 오랫동안 움직이지 않은 물건들은 잠들어 있어요. 기척이 사라지고 보이지 않는 상태죠. 손에 집어 들면 그때야 비로소 존재를 의식하는 책도 많을 거예요. 미도리카와 씨도 이 방에 어떤 책이 있는지 거의 다 잊고 계신 거 아녜요?"

그러네, 하고 미도리카와 씨가 중얼거리며 집어 든『일

본의 전통 북 입문』 책을 바라보았다. 이런 책을 언제 산 거지? 하고 고개를 갸우뚱거렸다.

"제대로 꺼내지 않으면 모든 방을 다 정리한 뒤에 다시 돌아와야 해요. 두 번 고생하지 않으려면 책장에 있는 책을 전부 꺼내는 작업을 얼렁뚱땅 넘어가서는 절대로 안 됩니다. 처음부터 바닥에 쌓여 있던 책들도 조금이라도 위치를 옮기거나 아예 다시 쌓아 놓는 편이 책을 골라내기 쉬워요."

미도리카와 씨는 조심조심하며 『팡세』와 『수상록』이 쌓여 있는 '사상의 산', 『아키라』와 『도로로』가 잔뜩 포개져 있는 '만화의 산'을 허물어 바닥에 새롭게 쌓아나갔다.

책장에서 꺼낸 책들과 책상이며 의자에 마구 놓여 있던 책들이 온통 바닥을 뒤덮었다. 한 시간도 채 되지 않아 서재는 책으로 이뤄진 마천루 같은 모습으로 탈바꿈했다.

"이제… 어떻게 하면 되죠?"

책이 만든 고층 빌딩들 사이를 가만가만 걸으면서 미도리카와 씨가 물었다.

"다 똑같아요. 하나씩 만져보는 거예요. 가슴이 설레면 남겨두고 설레지 않으면 버리는 거죠."

미도리카와 씨는 내 말을 듣더니 발밑을 바라보았다.

"헬로! 하우 아 유?"

『영어회화 초급편』이 힘찬 목소리로 말을 건넸다.

"나무아미타불…."

『사경(寫經)연습장』이 중얼중얼 염불을 외운다.

"왓 어 원더풀 월드♪"

『처음 만나는 재즈』가 높은 목소리로 노래를 부른다.

그밖에도 텃밭 가꾸기, 사교댄스, 역사 검정 교재, 도예에 그림까지 온갖 '입문서'가 저마다 노랫소리를 드높이고 있었다.

"아니 이런! 온라인 교육 사업이라도 벌일 작정인가?"

보쿠스가 옆에서 머리를 감싸쥐었다.

미도리카와 씨는 쭈그려 앉아 한 권씩 손에 들고 들여다보기 시작했다.

"어때요? 설레세요?"

나는 맞은 편에 앉아 미도리카와 씨의 얼굴을 살펴보았다.

"글쎄요… 나중에 읽어보면 설레려나요."

"나중에요?"

"곧 정년이니까, 그때 가서 읽어볼지도."

"그게 아니라 '지금' 가슴이 두근거리세요?"

"글쎄…."

"'나중에' 읽을 거라면 '지금'도 가슴이 설렐 거예요."

"하지만… 아직 안 읽었는데 버리자니 아까워서…."

"언젠간 읽고 싶어, 읽을지도 몰라, 읽어야 해. 이런 생각으로 계속 우물쭈물하고 있는 시간이 더 아깝지 않으세요?"

"정말 그럴지도 모르겠네요."

미도리카와 씨는 조금 쓸쓸해 보이는 표정으로 입문서들을 어루만졌다.

정리 일을 하다 보면 입문서 더미와 자주 마주치곤 한다. 그 대부분이 거의 읽지 않은 책들이다.

의뢰인들은 하나같이 입을 모아 말했다. "언젠가 읽을 거예요"라고.

하지만 나는 안다. 그 '언젠가'는 영원히 오지 않는다.

나는 아쉬운 듯이 버리는 쪽 더미에 책을 올려놓는 미도리카와 씨에게 말을 꺼냈다.

"저는 물건에도 여러 가지 역할이 있다고 생각해요. 어떤 책은 중간까지만 읽히는 게 그 책의 역할이에요. 그 책이 미도리카와 씨의 수중에 들어온 데는 그래서 의미가 있는 거고요. 버리더라도 언젠가 당신에게 도움이 되어 다시 돌아올 거예요."

"하긴, 만져보니 놀라울 정도로 아무 감흥이 없는 책도 있군요. 예전엔 그렇게 푹 빠져서 읽었는데"하고 중얼거리는 미도리카와 씨의 손에는 5년쯤 전에 베스트셀러가 된 비즈니스 서적이 쥐어져 있었다. 그 책은 과거의 위엄을 과시하듯 웅장한 오페라를 부르고 있었지만 음정이 어긋나 있는 게 어딘지 편치 않아 보였다.

정리를 하다 보면 이런 식으로 '과거의 베스트셀러'들이 한꺼번에 버려지는 시기가 있다. 꿈에서 깨어난 듯 설렘이 일제히 끝나고 집집마다 똑같은 책들이 졸업한다. 그럴 때마다 우리는 무의식중에 '말로는 표현할 수 없는 감각'을 공유하고 있다는 걸 느낀다.

"천천히 생각하면서 정리해 나가시죠."

미도리카와 씨는 진지한 표정으로 책의 빌딩들 사이에 자리를 잡고 앉았다.

"미코 씨는 거실에서 차라도 마시고 계세요."

"그럼 말씀하신 대로 조금만 쉴게요."

나는 인사를 하고 서재를 나와 계단을 내려갔다.

◇◇◇◇

1층 안쪽에 있는 거실로 들어서자 미도리카와 씨의 부인이 고생 많으셨어요, 하며 차와 오하기*를 내왔다.

"착착 되어가고 있나요?"

아침에 내가 도착했을 때 부인은, 오늘은 남편이 정리하는 날이니까 참견하지 않을게요, 라고 말했다.

"착착… 늦어지고 있네요."

나는 애써 웃음을 띠며 시계를 보았다. 벌써 세 시가 지나 있었다.

"제가 아무리 말해도 그 서재는 정리가 안 되더라고요. 그래서 미코 씨의 도움을 기대하고 있어요."

"기대에 어긋나지 않아야 할 텐데요…."

의자에 앉자 피로가 확 몰려와 한숨이 새어 나왔다. 따뜻한 차를 한 모금 마시고 앞에 놓인 오하기를 덥석 베어 물었다. 맛있어, 감탄이 절로 나왔다. 팥의 부드러운 단맛이 몸속 구석구석에 스며들어 에너지가 점차 채워졌다. 하나 더 먹으려고 접시를 보니 어찌된 일인지 조금 전까지만 해도 거기 있던 오하기가 없다.

---

* 　팥소나 콩가루 등을 묻힌 일본식 찹쌀떡.

옆을 돌아보니 보쿠스가 입^{뚜껑}을 우물우물^{달그락달그락}거리고 있다. 내가 가만히 노려보자 황급히 뚜껑을 닫고는 '평범한 상자'인 척한다.

제 조수는 작은 상자인데요, 팥을 무척 좋아하거든요.

이렇게 말하면 과연 믿어줄 사람이 있을까. 언젠가 이 비밀을 누군가에게 털어놓을 날이 올 거라고 상상하면서 남은 차를 호로록 마셨다. 한숨을 돌리고 나서, 좋았어! 하며 자리에서 일어났다.

"미코 씨, 잘 부탁드려요. 저이는 도대체 읽지도 않으면서 책을 잔뜩 쌓아놓아서요."

의미심장한 말을 하는 부인에게 고개 숙여 인사를 하고 서재로 향했다.

때마침 위층에서 책이 부르는 노랫소리가 새어 나오기에 나는 계단을 오르는 발걸음을 빨리했다. 예감이 좋지 않다.

서재 문을 열어 보니, 아뿔싸 내 예감이 적중했다. 미도리카와 씨가 노래하고 있는 책 빌딩들 사이에 숨듯이 앉아서는 손에 든 책을 정신없이 읽고 있었다.

"아아! 역시… 책 정리는 이래서 골치 아프…."

나는 보쿠스의 입을 황급히 닫고 소리쳤다.

"미도리카와 씨, 정리하는 중에 책을 읽는 건 금지예요!"

"아이쿠, 죄송 죄송."

미도리카와 씨가 장난을 치다가 걸린 아이 같은 얼굴로 읽던 책을 얼른 덮었다.

"오랜만에 찾아낸 거라 왠지 궁금해서…."

"남겨둘지 버릴지 그 기준은 만져보고 판단하는 겁니다. 읽고 판단하는 게 아니라 먼저 몸이 느끼는 감각으로 결정하는 거예요. 내 마음이 설레는 책들로만 가득한 책장을 상상해보세요."

"친구 책을 받은 건데 아직 읽지 못해서… 버리긴 미안하잖아요."

"하지만 만졌을 때 설레시던가요?"

내가 묻자 미도리카와 씨는 생각에 잠긴 듯 음, 하고 소리를 냈다.

속이 탄 나는 잠깐 줘보세요, 하고 미도리카와 씨가 들고 있던 에세이집을 집어 들고 탕탕 손바닥으로 내리쳤다.

"뭐 하는 거요?"

"책을 깨우고 있어요. 깊이 잠들어 있는 물건은 이렇게 두드려 깨워야 설레는지 아닌지 감각이 뚜렷해지거든요. 미도리카와 씨도 한번 해보세요."

미도리카와 씨는 그 말에 의아한 표정을 짓더니 낡은 책을 손바닥으로 탁탁 두드렸다.

"어때요? 설레나요?"

"아니요, 전혀…. 내가 달라고 해서 받은 책인데."

이미 그 책에서는 노랫소리가 들려오지 않는다. 지친 나머지 노래하기를 그만둔 것 같았다.

"그렇다면 그건 단물 빠진 책이네요."

"단물 빠진 책?"

"먼저 읽은 사람이 영양분을 다 빨아들인 책이죠."

"맛국물을 다 우려낸 거, 뭐 그런 거요?"

"그렇다고 할 수 있죠."

"재밌는 말이군요. 가다랑어포 같은 거네."

미도리카와 씨는 조금 쓸쓸한 웃음을 짓고는 친구에게 받은 책을 버리기로 마음먹었다.

◇◇◇◇

미도리카와 씨는 세 시간에 걸쳐 서재 바닥에 쌓인 책을 설레는 것과 그렇지 않은 것으로 분류해 나갔다. 정리를 하다 보면 정말로 그가 뭘 원하는지 윤곽이 뚜렷하게

드러난다. 소망의 바다에 뒤섞여 있던 정말로 원하는 것, 하고 싶은 일, 되고 싶은 자신의 모습을, 미도리카와 씨는 시간을 들여 하나씩 하나씩 찾아나갔다.

결국 남기기로 한 책은 원래 있던 분량의 절반 정도였다. 혼돈스럽기만 했던 노랫소리가 어느새 잔잔한 하모니를 이루고 있었다.

"미코 씨, 이제 어떻게 하면 되죠?"

"설레는 것이 정해졌으면 이번에는 분류하면서 책장에 넣어 볼까요? 소설은 저자별로 나열하고 비즈니스 서적, 만화, 잡지 같은 건 종류별로 넣는 거예요. 나머지 참고서와 요리책, 사진집과 화집은 각각 모아서 넣으시고요."

미도리카와 씨와 나는 땀을 뻘뻘 흘리며 책을 종류별로 나누고 바닥에서 책장으로 옮겼다. 순식간에 책장이 가득 메워졌고, 마지막으로 바닥에 남아있는 책은 헤아릴 수도 없이 많은 여행 가이드북이었다.

런던, 파리, 스페인에서 시작돼 이집트, 튀르키예, 인도, 베이징을 경유해서 하와이, 로스앤젤레스, 멕시코, 마침내는 지구 반대편에 있는 브라질까지. 이곳들을 끝에서 끝까지 따라가다 보니 세계 일주 여행이 되었다.

다양한 국가의 여행 안내서들이 각 나라의 노래를 신

나게 부르고 있었다. 록에 샹송, 플라멩코, 훌라, 살사, 그
리고 삼바. 말끔히 정리된 서재에 전 세계의 음악이 어우
러져 희한한 앙상블이 펼쳐졌다.

그것은 활기차면서도 조금은 기묘한 광경이었다. 왜
낡은 가이드북을 남겨둔 것일까.

"온라인 교육 사업 다음에는 여행사라도 차릴 셈인가?"

보쿠스가 옆에서 빈정거렸다.

"오래된 가이드북이라 버리려 했지만…."

보쿠스의 목소리가 들리기라도 한 듯 미도리카와 씨
가 중얼거렸다.

"하지만… 설레신 거죠?"

나는 미도리카와 씨의 눈을 들여다보며 물었다.

"맞아요…."

"그렇다면 소중한 책이에요."

"여행에는 애착이 많아요. 특히 처음 갔던 뉴욕에는 말
이죠."

미도리카와 씨는 너덜너덜해진 뉴욕 여행 안내서를
집어 들었다. 바닥에 쌓여 있는 여행서들을 세어보니 뉴
욕 가이드북만 서른세 권이나 되었다. 한 권씩 꽂아나가
는데 책장에서 거리의 시끌벅적한 소음과 함께 재즈가

들려왔다.

"대학생 때 신문 배달 아르바이트로 죽어라 돈을 모아서 뉴욕엘 갔거든요. 처음으로 마천루를 봤을 때는 얼마나 놀랐는지 몰라요. 말도 못하게 높은 빌딩이 이렇게나 많다니. 그런데 그 도시 풍경이 너무 아름답더군요. 도로는 지하에서 뿜어내는 증기로 에워싸이고 길모퉁이에서 색소폰을 연주하는 사람도 있었어요. 그때 이후로 마치 홀리기라도 한 듯 몇 번이나 더 뉴욕을 찾았지요."

미도리카와 씨가 그리움에 잠긴 표정으로 이야기하면서 뉴욕 가이드북 마지막 권을 책장에 꽂았다. 순간 가이드북에 끼워져 있던 누런 표지의 책이 툭 떨어졌다.

"이거 떨어졌어요."

나는 떨어진 책을 주워 탁탁 먼지를 털어내고는 미도리카와 씨에게 건넸다.

그때 갑자기 엔카*가 들려왔다. 재즈와 엔카의 묘한 합창이 시작됐다.

"옛날 생각이 나는군요…."

미도리카와 씨가 누런 책 표지를 바라보며 낮게 중얼

* 일본의 전통 가요.

거렸다.

"무슨 책이에요?"

"아버지가 주신 거예요. 제가 처음 뉴욕에 갈 때."

"뉴욕에 가는데 이런 책을 주셨다고요?"

나도 모르게 웃음을 터뜨렸다.

표지에는 달필로 『미야모토 무사시*』라고 쓰여 있었다. 뉴욕엘 가는데 일본의 전설적인 검객이라니!

"뜬금없이 웬『미야모토 무사시』냐고 생각하고 있죠? 아버지는 그만큼 분위기 파악을 못 하는 분이었어요. 국어 교사였는데 고지식한 데다 말도 진짜 재미없었죠. 술도 약해서는 취하면 엔카만 불러댔어요. 그런 아버지가 싫어서 전혀 다른 세계를 만나보려고 뉴욕에 가려고 했는데, 그때 아버지, 아주 난리도 아니었어요. 위험하다고, 갱단에게 총 맞아 죽을 거라고요. 하지만 어렵사리 말리길 포기하시더니 배웅하시며 주신 게 이『미야모토 무사시』였죠."

미도리카와 씨는 씁쓸하게 웃으면서도 누런 표지를 가만히 쓰다듬었다. 그 책을 만질수록 추억이 흘러넘쳐 멈

---

* 일본 에도시대의 전설적인 검호로, 양손에 한 자루씩 칼을 쥐고 공격과 수비를 하는 검술 니토류로 유명함.

추지 않는 모양이었다.

"지금 생각하면 부적 대용으로 주셨던 것 같아요. 갱단의 총을 이길 수 있는 건 양손에 칼을 쥐고 싸우는 미야모토 무사시의 검술이다, 뭐 이런 거요. 우습죠? 그렇지만 진짜 아버지답다 싶어요. 결국 뉴욕에 간 지 닷새 만에 향수병에 걸려서 그 책을 읽어봤는데 이게 참 재미있더라고요. 싸구려 여관 발코니에 앉아 거리에서 들려오는 재즈를 BGM 삼아 들으며 푹 빠져서 읽었지요."

엄청 좋은 추억이잖아요, 하고 나는 눈을 가늘게 떴다.

"이사할 때마다 눈에 띄어서 항상 버려야지 하면서도 도저히 버릴 수가 없어서… 결국은 또 읽게 되더군요."

저이는 도대체 읽지도 않으면서 책을 잔뜩 쌓아놓아서요. 부인의 목소리가 귓가에 되살아났다. 나는 거칠고 울퉁불퉁한 책을 바라보았다. 거기에는 가슴 설레는 추억이 가득 담겨 있었다.

"미도리카와 씨, 아까 제가 단물 빠진 책이 있다고 했잖아요."

"가다랑어포 말이죠?"

"반대로 몇 번을 읽어도 맛이 변하지 않는 책도 있어요. 오히려 맛이 깊어지는 책이요."

"마른오징어 같군요."

말을 끝내자마자 미도리카와 씨의 얼굴이 찡긋 일그러졌다. 넘쳐나오는 감정을 필사적으로 억누르려는 듯했다.

"아버지가 지난달에 암으로 돌아가셨어요…. 결국 감사하다는 말도 못 하고, 제대로 대화조차 나누지 못했는데 말입니다…. 왠지 쇠약해져 가는 아버지를 보고 싶지 않아서 계속 모른 척 도망쳤어요. 마지막까지 제대로 얼굴도 마주하지 못했는데, 그렇게 훌쩍 가버리셨어요…."

금박이 입혀진 '미야모토 무사시'라는 글자가 눈물에 젖었다. 미도리카와 씨는 원통한 마음을 눌러 삭이려는 듯이 웅크리고는 울고 있었다. 쏟아지는 눈물이 안경테를 타고 흘러내려 누런 책 표지를 적셨다.

"왜 미코 씨에게 집 정리를 부탁했는지… 이제야 알았어요."

미도리카와 씨가 떨리는 목소리로 말했다.

"분명 저는 이 책을 다시 만나고 싶었던 거예요. 다시 한번 아버지를 만나고 싶어서, 이야기하고 싶어서, 하지만 혼자서는 마주할 자신이 없어서 미코 씨에게 부탁한 거라는 생각이 들어요."

미도리카와 씨는 천천히 일어나 젖은 눈가를 손가락

으로 닦았다.

"오늘 정말로 고마웠습니다."

내 옆에서 입^{투명}이 팥으로 범벅이 된 보쿠스가 덩달아 울고 있었다. 정리 일을 하다 보면 쌓여 있는 물건들 속에서 먼저 세상을 떠난 사람의 마음이 불현듯 드러날 때가 있다. 그 마음은 그냥 쌓인 채로 있는 게 아니라 분명 남겨진 사람에게 닿기를 간절히 바라고 있는 거다. 물건을 정리하면서 먼저 간 그의 마음을 오롯이 받아들이면, 그로써 그는 남겨진 사람의 마음속에서 영원히 살아가게 된다.

"저야말로 감사했어요."

나는 한껏 미소를 지었다. 마지막으로 미도리카와 씨는 아버지가 주신 『미야모토 무사시』를 서른세 권의 뉴욕 가이드북 옆에 꽂았다. 그 배열에는 어울리지 않을 텐데도, 신기하게 마치 제자리인 것처럼 『미야모토 무사시』는 그곳에 딱 맞게 들어앉았다.

ROOM ③ 다투는 키친

"그렇게 짜증 내지 말라니까. 사탕이라도 먹을래? 그러다 이마에 주름 생겨."

"당신이 열받게 하니까 그렇지! 주름 더 늘면 어쩔 거야!"

"고작 집 정리 가지고 왜 그래!"

"고작? 그러는 당신은 '고작' 밖에 안 되는 일을 왜 제대로 못 하는 건데? 진짜 칠칠치 못해서 원!"

살짝 오동통한 몸매에 빨간색 앞치마를 두른 아카이 후미 씨가 아직도 잠옷을 그대로 입고 있는 남편 준페이 씨에게 소리를 질렀다.

"누가 칠칠치 못하다고? 다시 말해봐!"

듣기만 하며 참고 있던 준페이 씨도 화가 났는지 둥글둥글한 얼굴을 붉게 물들이며 맞받아쳤다. 부부가 키도 체형도 비슷하다. 꼭 닮은 실루엣의 두 사람이 말을 주거니 받거니 싸우는 모습은 마치 만담을 보는 듯했다.

"이봐 미코, 저 부부의 만담은 대체 언제 결말이 나는 거지?"

보쿠스가 내 귀에 대고 속삭였다.

"웃기려고 한 말이야? 근데 정말 싸움을 소재로 한 만담이라고 생각하는 게 마음 편할지도 모르겠어."

나는 빈정대길 잘하는 작은 상자를 데리고 말다툼하는 부부를 따라 아담한 단독주택의 안쪽에 있는 빨간 타일로 꾸민 주방으로 들어갔다.

"싸구려 컵 주제에 넉살 좋게 나서지 말라고!"

머그컵들에 둘러싸인 와인잔이 식기 찬장 안쪽에서 소리쳤다.

"고급인 척하긴! 억울하면 더 많이 사용되려고 노력 좀 하시지!"

맨 앞줄에 있는 손때 묻은 머그컵이 큰 소리를 냈다.

"시끄럽네. 진짜 엄청 시끄러워!"

그 옆에 포개져 쌓여 있는 작은 접시들이 저마다 떠들어댄다.

빼곡하게 놓인 식기들이 와그작와그작하는 싱크대 선반 안에서 아카이 부부 못지않은 싸움을 벌이는 중이었다.

혹시나 하고 주방 서랍을 열었다.

"꼴사납네! 잠깐 사용하고 싫증난 처지에 유통기한도 끝났는데 대체 언제까지 여기 있을 셈이야?"

죽 늘어선 콘드비프 통조림이 반쯤 사용하다 만 두반장 병에게 독설을 퍼부었다.

"너희야말로 한 입도 안 먹은 채로 곧 버려질 주제에!"

두반장 병이 즉각 반격했다.

식품들이 싸우는 모습을 곁눈질로 보고 있던 일본식 육수 재료가 우리에게 호소했다.

"쟤들은 다 칼로리가 높으니까 나를 남겨두는 게 좋아요."

"미코, 중국과 미국에 일본까지 꼭 세계 대회 같네!"

보쿠스가 부엌을 둘러보며 피식 하고 웃었다.

"아카이 부부랑 똑같아, 물건끼리 싸우고 있어."

나는 난감한 나머지 한숨을 내쉬었다.

이 부엌에는 아내와 남편이 각자 따로 산 물건들이 뒤섞여 놓인 게 분명하다. 그들이 서로 싸우고 있는 것이다.

지금까지 천 군데가 넘는 집들의 정리를 도왔다. 그때마다 생각했다. 사람과 마찬가지로 물건도 집에 살고 있다. 그리고 물건은 자기 주인의 편을 든다.

"우와, 다시 보니까 진짜 물건이 끝도 없네. 미코 씨 어쩌면 좋죠?"

가득 들어찬 식기 찬장과 서랍을 둘러보던 후미 씨가 갈색으로 물들인 머리를 긁적였다.

"지금까지 했던 옷 정리나 책 정리와 똑같아요. 일단 전부 꺼내놓고 하나씩 만져보면서 설레는 물건은 남기고 설레지 않는 건 버리는 거죠. 부엌에는 먹지 못하는 식품도 많으니까 이 기회에 착착 버리자고요."

좋아요, 하며 후미 씨는 앞치마 끈을 고쳐 묶고는 여전히 머리에 까치집을 지은 채 서성이는 남편에게 한마디했다.

"가만히 있지 말고 어서 당신도 정리하라고!"

"알게 뭐야!"

완전 심통이 나 있는 준페이 씨는 부엌 옆에 있는 거실 소파에 앉아 텔레비전을 켜고 코미디 프로그램을 보기 시작했다.

"당신 지금 뭐하는 거야?"

나는 당장이라도 남편의 멱살을 잡을 기세인 후미 씨의 소매를 잡아당겼다.

"후미 씨, 아까도 말씀드렸지만 우선은 본인의 물건을 먼저 정리해주세요."

"그렇지만… 이렇게 어질러진 건 거의 다 남편 물건 때문인걸요."

"화나는 그 기분 잘 알아요. 왜 나 혼자 정리를 하고 있지, 왜 협조하지 않는 거야 하고 말이죠. 많은 분이 가족에게 그런 감정을 느낀답니다. 하지만 중요한 건 상대방에게 정리를 강요하지 않는 거예요. 화내지 말고, 싫은 소리도 하지 말고, 참견도 하지 말고요. 그냥 아무 말 없이 자신의 물건을 정리하는 데만 집중하는 게 포인트예요."

"그렇게 하면 저 사람은 계속 저러고 있을걸요. 옷도 책도 아무것도 치우지 않고."

"저를 믿고 해보지 않으실래요? 사람을 억지로 바꿀 수는 없다고 생각해요. 그래서 정리를 강요하면 안 돼요. 우선 후미 씨가 설레지 않는 물건들을 버려보시죠."

"제일 먼저 버리고 싶은 건 남편이라고요!"

후미 씨는 거실에서 코미디 프로그램을 보고 있는 남편을 보면서 목소리를 높였다.

"잘한다!"

보쿠스가 뚜껑을 열고 웃는 소리가 텔레비전에서 들려오는 웃음소리에 겹쳐 들려왔다. 나는 물건으로 넘쳐나는 부엌을 보며 목에 두른 스카프를 고쳐 맸다.

"시작해볼까요!"

◇◇◇◇

후미 씨와 나는 차례차례 선반과 서랍을 열고 물건들을 모두 꺼내 식탁 위에 올려 놓았다.

"세상이 밝아졌어."

답례품으로 받은 컵이 그동안 상자에 갇혀 말을 잃었던 탓에 갑자기 눈이 부신지 눈초리를 가늘게 떴다.

"아휴, 졸려~."

겹겹이 쌓인 접시의 맨 밑에서 잠이 깬 커다란 접시가 하품을 했다.

"응? 뭐지? 드디어 내가 나갈 차례인가!"

거의 사용되지도 않으면서 꿋꿋하게 차례를 기다리던 셰이커가 기쁜지 들떴다.

"%&아$#캇+「꺄악~"

이제는 누구의 목소리인지도 모르고 의미를 알 수 없는 말로 짤그랑짤그랑 재잘거리면서 젓가락, 포크, 나이프, 스푼이 차례차례 얼굴을 내밀었다. 식탁 위는 순식간에 잡다한 식기들로 가득 차 곳곳에서 싸움이 벌어졌다. 그 모습을 본체만체하고 나는 식품 저장실부터 정리하기 시작했다.

"빨리 먹어! 나를 먹으라고! 여기야, 여기!"

잔뜩 쌓여 있는 스위트콘 통조림들이 경쟁하듯 외쳐댔다.

"에취! 콜록콜록!"

봉지에 담겨 있는 허브와 시즈닝들이 연신 재채기와 기침을 했다.

"아아… 으으… 으윽…."

이제는 정체 모를 액체가 되어버린 오일과 소스, 간장 병들이 신음했다.

"대사증후군이 심각한 부엌이군. 이래서야 다이어트가 힘들지."

보쿠스가 코는 없기에 뚜껑를 틀어막았다.

"진짜 많네요. 가게라도 열었나."

후미 씨가 너무나도 많은 물건에 웃음을 터뜨렸다. 부부가 각자 사들인 물건이 엄청났다. 일단 전부 꺼내놓게 하는 데는 자신이 소유한 물건 전체의 양을 알게 하려는 의미도 있다.

바닥에 늘어놓은 식기와 식품 중에는 작은 피규어가 달린 페트병 뚜껑과 용도 불명의 잼, 빈 푸딩 병이며 고장 난 채로 방치된 믹서기, 거의 손대지 않은 커다란 프로틴 캔 등이 뒤섞여 있었다.

후미 씨는 망설임 없이 그 물건들을 분리수거용 쓰레기봉투에 집어넣었다.

"아니, 왜 마음대로 버리는 거야!"

그러자 어느새 부엌으로 들어와 있던 준페이 씨가 당황해서는 쓰레기봉투로 달려가더니 그 안의 물건들을 다시 끄집어냈다.

"아니, 갑자기 왜 이래! 다 안 쓰는 건데!"

후미 씨는 느닷없이 참견하며 끼어든 남편에게 짜증을 감추지 못했다.

"이 믹서기, 당신이 갖고 싶다고 해서 산 거잖아!"

"싸구려를 사서 금방 망가진 거야. 프로틴도 안 마시니까 버리는 거고!"

후미 씨는 남편의 손에서 은색 캔을 빼앗았다.

"이제부터 마실 거야. 아깝게 왜 버려!"

"이제 와서 근육 붙여봐야 뭐하게? 살부터 빼시지. 이 빈 병도 어차피 안 쓸 거지? 아니 이건 또 뭐야, 페트병 뚜껑이잖아?"

"언젠가 필요할지도 모르잖아. 아니면 또 누가 알아? 나중에 가치가 올라서 비싸게 팔릴지."

또 다시 다투고 있는 부부를 보며 보쿠스가 미간을 찌푸렸다.

"미코, 어쩌면 좋아. 이 부부 만담이 또 시작됐어."

잠깐만요! 나는 황급히 부부 사이에 끼어들었다.

"후미 씨, 남편분의 물건은 본인에게 맡기자고요! 준페이 씨, 만져보고 설레지 않는 물건은 버리시는 게 어때요? 계속 거추장스럽군, 거슬리네, 하면서 지내는 시간이 더 아깝지 않을까요?"

"아직 쓸 수 있는데 버리다니 말도 안 돼지. 어차피 또 살 걸 왜 지금 버려야 한다는 거요?"

역시 아직 성급했나? 나는 어찌해야 좋을지 몰라 난감했다. 준페이 씨는 아침부터 내내 이러고 있었다.

옷장 안에 뭉쳐 있던 한 무더기의 양말, 책들 사이에 섞여 있던 고장난 라디오, 벽장에 처박혀 있던 영원히 쓸 일 없을 손님용 이불, 현관에 방치되어 있던 유행에 휩쓸려 산 운동기구(딱 세 번 사용), 욕실에 여분으로 잔뜩 쌓아놓은 수건.

후미 씨가 버리려고 할 때마다 준페이 씨가 나타나서는 "필요할지도 모르잖아" 하며 가로막았다. 그는 설레는 물건인지 아닌지는 전혀 상관없이 전부 쌓아두고 싶어하는 것 같았다.

후미 씨는 남편이 부엌까지 나타나서 또 정리를 방해하자 다시 신경이 곤두선 모양이었다.

"그냥 잠자코 텔레비전이나 보셔. 그렇게 한가하면 아

까 책장에 남겨둔 당신 CD나 DVD 같은 거 좀 버리든가. 요즘은 뭐든지 인터넷으로 보고 들을 수 있잖아."

"인터넷으로 뭘 하는 것도 다 돈이 든다고. 당신이야말로 화장 도구를 몇 개씩이나 갖고 있는 거야? 화장해봐야 달라지지도 않더구먼."

"물건 정리도 안 하는 주제에 참견하지 말라고! 당신부터 확 내다 버릴 테니까!"

마침내 인내심이 바닥난 후미 씨는 식탁에 놓인 유통기한이 한참 지난 식품들을 닥치는 대로 쓰레기봉투에 쓸어 담았다. 준페이 씨는 아내의 서슬 퍼런 모습에 놀라서 맥없이 소파로 돌아갔다.

"남편분이 왜 저렇게까지…."

무심코 후미 씨에게 물었다.

"옛날엔 이 정도까지는 아니었어요. 물건을 쟁여놓기 시작한 건 바로 그때부터였죠."

미코 씨는 소파에 앉아 텔레비전을 보고 있는 준페이 씨의 웅크린 등을 쳐다보며 중얼거리듯 대답했다.

"그때라면?"

"지진이요. 다른 지역으로 발령이 나 혼자 가서 살던 시기가 있었는데 그때 무서운 경험을 했대요. 당시 슈퍼에 물건이 다 동이 난 바람에 엄청 고생했나 봐요. 그 뒤로 물건을 마구 사들이게 된 거죠."

지진이나 화재, 바이러스 팬데믹 같은 비상사태를 겪고 나서 물건을 잔뜩 사재기하는 사람이 많아졌다. 위험에 미리 대비해야 돼, 하는 생각은 지극히 자연스럽다. 하지만 과하게 쌓아놓으면 일상생활이 불편해진다.

랩 수십 통, 두루마리 화장지 수백 롤, 마스크 수천 장…. 정리 일을 하다 보면 어마어마한 사재기 현장을 만나게 된다. 이럴 때 나는 물건의 수량을 세어보라고 권한다. 과연 이걸 다 사용하는 데 몇 년이 걸릴까? 세어보면 10년, 20년이 지나도 다 쓰지 못할 정도로 많다는 것을 스스로 깨닫는다.

"어떤 물건을 사서 쌓아놓을 때는 한 달 분, 또는 일주일 분, 이렇게 분량을 인식하는 게 좋습니다. 그리고 품목마다 여분으로 쌓아둘 개수를 정해놓고 수납공간을 명확히 제한하는 거죠. 다 쓰지도 못 할 물건 더미에 둘러싸여 나날을 보내는 것처럼 답답한 일도 없죠."

나는 잔뜩 놓여 있는 젓가락을 집어 들었다. 서른 쌍도 넘어 보였다.

"초등학생 자녀분까지 4인 가족이시죠? 손님은 최대

몇 명 정도 오세요? 확실하게 따져보면 남겨둘 물건의 수량을 정확히 알 수 있어서 쓸데없는 사재기를 막을 수 있거든요."

"정말 그러네요."

후미 씨는 젓가락 열 쌍 정도를 골라낸 뒤, 마지막 보루인 냉동실 서랍을 열었다. 서걱서걱 소리가 나며 새하얀 세상이 나타났다. 나는 성에로 뒤덮인 '뭔가'의 용기를 꺼냈다.

"추… 추워…."

꽁꽁 얼어붙은 '뭔가'가 떨고 있었다.

"이건… 뭐죠?"

내가 물었다.

"뭐였더라…."

후미 씨가 표면에 낀 성에를 벗겨내더니 카레였네… 하며 민망한 듯 웃었다.

"몇 년이나 된 거예요?"

"3년 전일지도 모르겠어요. 애들이 어렸을 때는 달콤한 카레를 만들어두곤 했거든요…."

"정성 들여 만든 음식은 좀처럼 버리기 힘들죠…."

"하지만 3년이나 지났으니 먹을 수 없겠네요."

후미 씨가 카레를 버리고 다시 냉동실 탐색에 나섰다. 산더미처럼 쌓여 있는 보냉제, 보관 용기에 들어 있는 냉동 밥부터 새하얗게 되어버린 파이 시트까지 잠들어 있던 물건들이 잇달아 나타났다. 모두 하나같이 "추워. 너무 추워" 하며 얼어붙어 있었다.

"남극 탐험대가 따로 없네."

보쿠스가 하얀 입김을 내뱉으며 빈정거리자,

"저도 남편 흉볼 처지가 아니네요."

보쿠스의 목소리가 들리기라도 한 후미 씨가 중얼거리며 언 식품들을 집어 들었다.

"후미 씨, 이건?"

야채실을 정리하던 나는 깊숙이 자리해 있던 법랑 용기를 꺼냈다.

"아, 된장이에요. 반가워라."

"된장! 궁금해서 그러는데 이건… 몇 년 됐나요?"

3킬로그램은 되어 보이는 법랑 용기를 바라보며 물었다.

"한… 4년 됐죠."

후미 씨가 웃으며 뚜껑을 열었다. 그 안에는 시커멓게 변한 된장이 꽉 들어차 있었다.

"시어머니가 돌아가셨을 때 물려받은 거예요. 시어머

니가 요리를 굉장히 잘하셨는데, 특히 직접 담그신 된장으로 만든 두부 된장국 맛이 최고였어요. 저도 시어머니께 요리를 꽤 많이 배웠어요."

"귀한 거네요. 하지만 아무래도 이제는 못 먹겠지요?"

"된장은 원래 오래 두고 먹는 음식이니까 아직 먹을 수 있을지도 몰라요."

"설렘이 느껴진다면 남겨두죠."

정리를 하다 보면 오래된 물건이 적이 아닌 아군이 되기도 한다. 가슴 설레는 물건을 찾아낼 수 있느냐가 중요하다. 나는 커다란 법랑 용기를 방 가장자리로 밀어두고 부엌을 둘러보았다.

"후미 씨, 훌륭해요. 부엌이 이제 굉장히 설레는 물건들만으로 가득 차 있지 않나요?"

"미코 씨 덕분이에요. 뭐, 하긴 남편 물건은 손대지 않았지만요."

후미 씨는 꺼낸 채 바닥에 늘어져 있는 준페이 씨의 물건으로 시선을 돌렸다.

"괜찮아요, 기다려보죠."

그래, 기다릴 수밖에 없다. 다만 내게는 확신이 있었다. 그리고 조바심에 속 끓이고 있을 후미 씨의 기운을 북돋워

주려고 이제 수납해볼까요? 하고 힘찬 목소리로 말했다.

◇◇◇◇

"수납은 어떻게 해야 돼요? 조심하지 않으면 금방 또 도로아미타불이 되어버려서."

"이런 구조의 부엌은 냄비나 프라이팬 같은 조리 도구를 싱크대 밑에 두고요, 조미료랑 식품은 가스레인지 밑에, 식기는 상자에서 전부 꺼내서 위쪽 선반에 수납하는 게 좋아요."

나는 각각의 수납 장소를 손가락으로 가리키며 말을 이어갔다.

"부엌 안에 예쁜 무지개를 만들 거예요."

"무지개?"

"드디어 나왔군, 미코의 무지개! 내가 누누이 말하잖아, 그렇게만 말하면 무슨 소린지 모른다니까. 차근차근 설명해 줘야지."

나는 잔소리가 심한 작은 상자를 흘겨보고서 말을 계속했다.

"느낌이 비슷한 물건은 서로 가까이에 수납하는 게 좋

아요. 이를테면 젓가락 받침은 젓가락 가까이에 두는 거죠. 다양한 물건을 조화롭게, 그리고 색상은 그러데이션으로 이어지듯이 수납해서 부엌에 무지개를 그린다고 생각하시면 돼요."

후미 씨는 내가 말한 대로 냄비와 프라이팬을 차례차례 싱크대 아래에 넣었다. 기분 탓인지 선택된 조리 도구들이 무척 자랑스러워하는 듯 보였다. 그런데 식품을 정리해 넣으려는데, 대량의 티백이 등나무 바구니 안에 작은 산처럼 쌓여 있는 것을 발견했다.

새침한 얼굴에 영국식 영어로 한담을 나누는 홍차들, 중국어로 와글와글하는 우롱차들, 속닥속닥하는 녹차들 아래에서는 목소리가 잠긴 현미차들이 잡담을 나누고 있다.

"미코 씨, 이거 어떻게 해야 돼요?"

나는 보쿠스에게 눈짓을 보냈다. 보쿠스는 귀찮다는 듯이 아아– 하고 입뚜껑을 벌렸다. 나는 거기에서 작은 상자를 몇 개 꺼냈다.

"옷이나 책과 마찬가지로 티백도 세워서 넣어주세요. 제가 수납 방법으로 딱 한 가지 고집하는 것은 무조건 세우는 거예요. 반듯하게 갠 옷은 의류 상자 안에 세워서 넣고, 서랍 안의 문구 용품도 세워서 보관합니다. 그렇게만 해도 수납 고민이 해결되는 경우가 많거든요."

나는 한쪽 구석부터 티백을 상자 안에 세워나갔다. 쌓여 있던 물건이 순식간에 정리되는 모습을 후미 씨는 마법이라도 보듯이 바라보았다. 소파에 앉아 있던 준페이 씨도 우리 쪽이 슬슬 신경 쓰이는지 흘끔거리며 바라보기 시작했다. 좋아 좋아, 거의 다 왔어. 나는 속으로 쾌재를 불렀다.

"그리고 정리할 때는 가격표나 포장 스티커를 꼭 떼는 걸 추천합니다. '100엔 할인!' '2+1' 같이 이득임을 강조하는 가격 광고 스티커나, 전기 포트에 붙어있는 '순간 가열'이라든지 전기밥솥에 붙어 있는 '가마솥식으로 찰진 밥을!' 같은 기능 광고 스티커도 전부 떼어주세요. 문자 정보가 많으면 부엌 안이 술렁대거든요. 쓸데없는 문자 정보만 줄여도 집 안 전체가 훨씬 조용하고 차분한 분위기가 된답니다."

후미 씨가 스티커를 벗겨내자 소란스럽던 부엌이 순식간에 조용해졌다.

"진짜네요…. 스티커의 문자들 때문에 정신이 사나웠던 거군요."

후미 씨는 문자 정보가 없어져 깔끔해진 부엌을 기쁜

듯이 바라보았다.

"이건 제습제나 탈취제에도 응용할 수 있으니까 꼭 해 보세요."

"이제 가스레인지랑 싱크대 주변인가…. 여기도 어떻게 정리해야 할지 잘 모르겠어요."

"그렇게 말하는 분들이 많아요. 가스레인지에 프라이팬이 그대로 올려져 있고 옆에 세워둔 조미료 병은 기름으로 끈적거리고 말이죠. 싱크대 옆에 설거지한 식기들이 방치돼 있거나 싱크대 안에 넣어둔 세제 통 바닥이 젖어 있는 부엌도 흔하답니다."

"우리 집 얘기네요. 어떻게 하면 좋을까요?"

"저는 부엌을 수납하기 전에 먼저 전제되어야 할 조건을 다시 생각해보라고 권하고 있어요. 부엌은 수납 방법을 운운하기보다는 청소하기 쉽게 물건을 배치하는 게 중요해요. 그러니까 가스레인지나 싱크대 주변에는 되도록 물건을 두지 마세요. 평소에는 안에 넣어두었다가 필요할 때만 꺼내는 거죠. 처음에는 귀찮을지 몰라도 쉽고 빠르게 청소할 수 있어서 점차 그 편안함에 중독될 거예요."

◇◇◇◇

마지막으로 식탁에 남은 물건은 식기들이었다. 후미 씨가 설레는 물건만을 남겨둔 덕에, 아무도 다투지 않고 조용히 수납되기만를 기다리고 있다.

"모두 잠에서 깨어났어요."

"무슨 말이에요?"

"선반에서 꺼내서 잠을 깬 식기들은 갑자기 주인의 눈에 보이게 되거든요."

"진짜 이런 게 있었나? 싶은 것들이 엄청 많네요."

후미 씨는 고급스러운 상자에 담겨 있던 북유럽제 큰 접시와 규슈의 도예지에서 구워낸 한 쌍의 밥공기, 그리고 호쿠리쿠산 칠기 그릇을 차례로 들어보았다.

"이거 굉장히 고급품인데 까맣게 잊어버리고 있었어요. 언젠가 써야지 생각하면서도 막상 쓰기가 아까워서…"

평소에는 100엔 숍에서 산 컵이나 사은품으로 받은 접시를 사용하고 좋은 식기는 선반 안쪽에 넣어 둔 채로 있는 경우를 흔히 본다. 가끔 손님이 왔을 때나 등장 기회를 얻을 수 있는 그릇들은 점차 본래의 빛을 잃어간다.

"좋은 식기들은 자꾸자꾸 쓰세요. 교토의 음식점에 가면 고급스러운 식기가 당연한 것처럼 나오잖아요. 일상

속에서 멋진 물건을 사용해야 설렘으로 가득한 생활이 되는 거죠."

"그렇겠군요…."

후미 씨는 멋스러운 한 쌍의 부부용 밥그릇을 만지작거리며 중얼거렸다.

"지금 당장 사용해보지 않으시겠어요?"

"네?"

"마침 점심 때이기도 하고요."

"그러네요. 얼른 밥 지을게요."

후미 씨는 방 가장자리에 놓아둔 법랑 용기에 눈길을 주며 말했다.

"그리고 저 4년 묵은 된장도… 한번 시도해볼까요?"

후미 씨와 나는 부엌에 나란히 서서 점심 식사를 준비했다. 아주 깔끔해진 싱크대에서 쌀을 씻어 잘 쓰지 않던 질냄비에 밥을 지었다. 다시마로 국물을 내고 두부를 썰었다. 그리고 마침내 시어머니에게 물려받은 된장이 담긴 용기의 뚜껑을 열었다. 보송보송 발효된 콩 냄새가 방 안에 가득 찼다. 그 냄새는 어딘가 마음을 진정시키는 향이어서 돌아가신 시어머니가 분명 다정한 분이었음을 느낄 수 있었다.

후미 씨는 조심조심 작은 스푼으로 된장을 떠서 날름 맛을 보았다.

"어? 괜찮을까? 배탈나면 어떡하냐?"

보쿠스가 불안한 듯 상자 틈새로 엿보았다.

"어때요?" 하고 내가 묻자,

"아, 괜찮아요" 하며 후미 씨가 웃음을 지어보였다.

된장 냄새에 옛 생각이 나는지 준페이 씨가 소파에서 천천히 몸을 일으켰다. 머쓱한 듯 까치집 진 머리를 긁적이며 부엌으로 다가왔다. 그리고 천천히 몸을 숙여 바닥에 있던 자신의 물건을 하나하나 정리하기 시작했다.

김이 나는 냄비에 된장을 풀면서, 저기 좀 봐요 하고 후미 씨가 놀란 시선을 내게 보내왔다. 싱크대에서 도마를 닦고 있던 나는 작전 성공이네요, 하고 미소로 대답했다. 드디어 기대했던 상황이 벌어진 것이다.

정리에 대한 생각이나 마음가짐은 처음에는 상대와 서로 안 맞는 경우가 대부분이다. 나는 치우고 있는데 어째서 가족들은 함께하지 않는 걸까 하고 불만을 품은 채 정리하는 사람도 많다.

하지만 집은 평평하다. 그래서 균형을 잡으려 한다. 집뿐만 아니라 그곳에 있는 사람도 물건도 시소에 타고 있는 것처럼 균형을 잡고 살아가려 한다.

아내의 물건이 줄어들면 집이 기울어져 간다. 그러면 어느새 남편도 말없이 정리를 시작한다. 뒤따라 가족들도 정리에 관심을 갖게 된다. 이렇게 정리가 연쇄적으로 일어나는 순간을 자주 봐왔다.

그래서 꾸짖거나 잔소리하지 않고 그저 잠자코 자신의 물건을 정리하라는 것이다. 나는 이 방법을 이솝우화 「해님과 바람」에서 따와 해님 작전이라고 부른다.

상대방의 태도에 짜증을 내기에 앞서 자신이 먼저 행동하면 점차 상대방도 달라지기 시작한다. 상대의 장점과 단점을 알게 되고, 그러면 어떻게 대해야 할지 또렷이 알게 된다. 이러한 이치는 정리뿐만 아니라 인생에서도 똑같다.

준페이 씨는 순식간에 바닥에 놓인 물건들을 정리했다. 대부분을 버렸지만 그의 표정은 아주 밝았다. 준페이 씨가 정리를 끝내자 식탁에는 밥그릇에 담긴 갓 지은 밥이 놓였다. 옆에는 4년 묵은 된장으로 만든 두부 된장국이 있다.

"맛있어 보이는군…."

옛 생각이 나는지 준페이 씨가 눈을 가늘게 떴다.

"같이 먹을래요? 밥그릇도 된장도 어머님이 주신 거야."

후미 씨가 남편에게 식사를 권했다.

"후미… 미안해. 나 이제부터는 정리 잘할게."

준페이 씨가 잠옷 차림으로 머리를 숙였다.

"됐어. 일단 먹자고. 배고프면 싸울 기운도 안 나잖아."

잘 먹겠습니다! 세 사람이 동시에 두 손을 앞으로 모으고 외쳤다.

밥에 된장국, 냉장고에 있던 각종 야채 절임과 매실장아찌, 그리고 날달걀을 반찬으로 한 점심 만찬이 시작됐다. 4년 묵은 된장으로 만든 두부 된장국은 놀라울 정도로 깊은 맛이 나며 우리의 몸에 스며들었다.

완전히 깔끔해진 빨간 타일의 부엌에서는 더는 물건들이 싸우는 소리가 들리지 않았다. 대신에 분위기 좋은 레스토랑에서 담소를 나누는 듯한 물건들의 잔잔한 목소리가 울려퍼졌다.

부엌 옆의 식탁에는 보기만 하면 으르렁대던 아카이 부부가 한 쌍의 밥그릇을 각자의 손에 나눠 들고 묵묵히 밥을 먹고 된장국을 마시고 있다.

내가 웃으며 바라보고 있다는 걸 알아차린 후미 씨가 내 귀에 대고 속삭였다.

"된장도 깊은 맛이 나니 남편도 버리지 말고 조금 더 써볼까 해요."

ROOM ④   아무 말 없는, 아이의 방

방은 수다쟁이다. 방 주인이 어떤 말로 스스로를 소개하든, 방은 주인보다 주인을 더 잘 설명한다. 화가 나 있거나 울고 있는 방도 있고 웃거나 하품하는 방도 있다. 나는 의뢰인들이 설레는 물건에 둘러싸인 이상적인 삶을 살 수 있게 방에 있는 물건들의 목소리를 들으며 정리를 돕는다.

그런데 시몬 사오리의 방에서는 어찌된 일인지 아무 소리도 들리지 않았다.

"솔직히 이사 갈 집에 뭘 가지고 가야 할지 전혀 모르겠어요."

사오리 씨는 미안하다는 듯이 고개를 숙이고는 폐를 끼치게 되었어요, 하고 중얼거렸다.

"미코. 아까부터 계속 사과하고 있어…."

보쿠스가 몇 번이고 머리를 조아리는 사오리 씨를 훔쳐보고 있다.

어질러져 있어서 죄송해요, 요령이 없어서 죄송해요, 우유부단해서 죄송해요. 그녀가 머리를 수그릴 때마다 포니테일로 묶은 머리 꼬랑지가 흔들렸다. 사오리 씨는 동안이라 마치 여고생처럼 보였지만 사실은 내일부터 독립해 혼자 살아가기 시작할 사회 초년생이다.

"사오리 씨, 그렇게 사과하지 말아요. 조급해하지도 말고요. 하나씩 만져보면서 설레는 물건을 고르면 되니까요."

내가 사오리 씨를 격려해주는데, 어때? 잘 돼 가니? 하고 사오리의 어머니 유코 씨가 문을 열고 들어왔다.

"어머, 전혀 진전이 없잖니. 조금 더 열심히 해봐."

딸과 똑같은 검은색 롱 원피스를 입은 유코 씨는 바닥에 흐트러진 딸의 옷을 흘끔 쳐다보더니 목덜미까지 오는 깔끔한 머리칼을 귀 뒤로 넘겼다.

"이 애는 사회인이 되는 데도 혼자 정리를 못 해요."

오늘 아침 이 아파트에 왔을 때, 유코 씨가 가장 먼저 내게 한 말이다.

"딸아이는 이것저것 내가 다 챙겨줘야 한다니까요."

그렇다. 이번 의뢰인은 사오리 씨가 아니라, 어머니 유코 씨였다.

"역시 내가 도와주는 게 좋겠지요?"

"아닙니다! 시간은 좀 걸릴지 몰라도 사오리 씨는 분명 혼자 정리할 수 있어요."

사오리에게로 다가가려는 유코 씨를 황급히 제지했다. 정리의 목적은 자신이 설레는 물건을 찾는 데 있기에 자신의 방이나 물건은 스스로 정리하지 않으면 의미가 없다.

"거 참, 과보호가 심하시군."

보쿠스가 미간을 찌푸렸다. 어머니의 등장으로 아무 말도 못 하고 잠자코 있는 사오리 씨에게 용기를 주려고 나는 말을 걸었다.

"사오리 씨, 축제처럼 즐거운 기분으로 해봐요! 이사는 물건을 정리할 아주 좋은 기회니까요."

"축제…요?"

사오리 씨가 그제야 얼굴을 들었다.

"정리는 축제처럼 즐겁게 하는 게 최고예요! 이사할 때는 방에 있는 물건을 전부 꺼내게 되잖아요. 그 물건들을 살펴보면서 새집에 가져갈 것만 골라 담으면 돼요."

"그렇겠네요…."

실낱같은 희망이라도 발견한 듯이 사오리 씨가 웃음을 보였다.

"제 정리의 비법은 작은 이사 같은 거죠."

이사는 새로운 라이프 스타일을 만들 수 있는 기회다. 지금까지의 자신에서 벗어나 새로운 생활에 가져가고 싶은 요소나 에너지를 선택한다.

"사용하지 않는 액세서리나 서랍에 넣어둔 선물, 또는

전 남자친구의 편지 같은 거요. 더는 설레지 않는 물건은 버리고 새로운 삶으로 한 발을 내디딜 절호의 찬스예요."

내가 웃어 보이자 사오리 씨도 살짝 미소를 지었다.

"아쉽게도 전 남친의 편지는 없지만… 해볼게요!"

마음을 가다듬은 사오리 씨가 검은색 플리츠스커트를 매만졌다. 나는 귀를 기울여봤지만 여전히 옷에서는 아무 소리도 들리지 않았다. 다른 옷들도 입을 꾹 다물고 있어, 선택받지 못해도 어쩔 수 없지, 하는 체념이 느껴졌다.

"사오리 씨, 어때요? 설레나요?"

"음… 이 스커트, 아직 새 거지만 너무 꽉 끼어서…."

"설레지 않으면 버리죠."

내 말에 사오리 씨가 플리츠스커트를 탁탁 가볍게 접어서 버리는 옷 더미에 올려놓자, 곁에서 보고 있던 유코 씨가 그것을 집어 들어 펼쳤다.

"잠깐 사오리! 이거 내가 골라준 스커트 아니니? 아까워라. 아직 입을 수 있는데."

"응… 맞춰 입기 쉽고, 언젠간 입을지도…."

사오리 씨는 순식간에 말을 바꿨다.

"그렇다니까! 사오리한테 무척 잘 어울리는 옷인걸."

유코 씨는 스커트를 사오리 씨의 허리께에 대보더니

가져갈 옷 더미 쪽으로 옮겨놓았다.

"어머머머…."

보쿠스와 나는 척척 호흡이 맞는 개그 콤비처럼 동시에 앞으로 넘어질 뻔했다.

"왠지 불길한 예감이 드는군…."

보쿠스가 살짝 열린 뚜껑 틈 사이로 내다봤다. 이번만은 나도 보쿠스의 말에 동감이다. 내 경험상 이건 일이 흘러가는 모양새가 영 좋지 않다.

"어? 이것도 버리려고?!"

유코 씨는 버리려고 쌓아 놓은 옷 더미에서 흰 셔츠 원피스를 집어 들더니 펼쳐보였다.

"아, 죄송해요."

즉시 사오리 씨의 입에서 사과의 말이 흘러나왔다.

"너무하잖니, 사오리. 이거 내가 아끼던 옷을 물려준 건데."

유코 씨는 또 다시 딸의 몸에 원피스를 갖다 댔다.

"여봐라, 이렇게 고급스럽고 잘 어울리는걸."

"정말 그러네요… 실수로 버릴 뻔했어요."

"자, 잠시만요!"

너무 쉽게 설득 당하는 사오리 씨를 보고 나는 모녀 사이에 끼어들었다.

"정말 죄송하지만… 유코 씨는 잠깐 방 밖에서 기다려주시겠어요?"

"어머나, 제가 방해했나요?"

"그걸 이제 알았냐고. 맞아, 엄청 방해되거든!"

나는 겨드랑에 끼인 채 독설을 날리는 보쿠스의 입^{뚜껑}을 꼭 틀어막으면서 유코 씨에게 머리를 숙였다.

"사오리 씨가 새로운 생활을 시작하려면 스스로 선택할 수 있어야 합니다. 사오리 씨랑 제가 둘이서 조금 더 애써볼게요."

"아, 그렇겠네요. 그러려고 미코 씨에게 부탁한 건데, 죄송해요. 그럼 잘 부탁드려요."

유코 씨는 검은 생머리를 귀 뒤로 넘기며 아쉬운 듯이 방에서 나갔다. 사오리 씨를 쳐다보는 눈빛이 어린 딸을 걱정하는 엄마 같았는데, 지금까지 줄곧 딸을 이런 시선으로 봐왔다는 것을 상상할 수 있었다.

버리는 물건을 다른 가족에게 보여주어서는 안 된다.

자식이 버리는 물건 더미를 보는 건 부모에게는 굉장히 스트레스가 된다. 자신이 사준 인형이나 옷이 처분되는 것을 보면 자녀의 성장과 자립이 기쁘면서도, 한편으로는 아무래도 쓸쓸하고 서운할 수밖에 없다. 그러다 보니 부모는 '아깝다'며 비난하는 듯한 감정을 드러내게 되고 결국 자식은 불필요한 물건까지 끌어안고 살게 되는 것이다.

◇◇◇◇

"다시 물을게요. 그 원피스 어때요? 설레요?"

"글쎄요… 엄마가 버리지 말라고 하니…."

사오리 씨가 불안한 듯이 대답했다. 어머니가 개입한 탓에 혼자서 결정을 내릴 수 없게 되고 말았다. 사오리에게는 어머니의 의견이 절대적인 '정답'일 것이다.

방은 여전히 조용했다. 옷, 책, 가구. 거기에 있는 사오리의 물건들은 하나같이 입을 꼭 다문 채 이쪽 상황을 물끄러미 살필 뿐이었다. 모두 사오리 씨가 어머니를 보던 눈과 똑같은 눈을 하고 있었다.

그건 분명 이 방에 있는 물건들이 '어머니가 고른 물건'이기 때문일 거라고 나는 짐작했다. '이 아이한테는 이게 어울려' '이런 아이가 되었으면 좋겠어' 이러한 어머니의 바람으로 선택된 물건들. 사오리 씨가 지금 가져갈 물건을 고르지 못하는 까닭은 여기에 자신이 '설레서'라는 기준으로 선택한 물건이 없어서일 것이다.

나는 방 안에 있는 물건들과 마찬가지로 '아무 말이 없어진' 사오리 씨에게 다시 말을 건넸다.

"제가 경험한 바로는 말이죠. 어머니가 마음대로 주신 옷을 따님이 계속 입는 일은 별로 없어요. 사실은 입지 않으면서도 엄마에게 받은 거라 버리지 못하는 사람이 많더라고요."

설렘의 기준이 아직 명확히 서지 않은 자녀에게 부모가 자신이 골라준 물건만 사용하게 하면 아이는 설레는 물건을 스스로 고르는 능력을 기를 수가 없다.

그것은 물건을 선택하는 일뿐만 아니라 인생을 살아가는 데도 마찬가지다. 이렇게 말하는 나도 예전에 내 옷을 여동생에게 준 적이 있었다. 하지만 정리 일을 시작하고서 깨달았다.

나는 '물건을 주겠다'는 선의를 가장해서 '물건을 버린다'는 죄책감을 여동생에게 떠넘겼을 뿐이었다는 걸.

"저, 미코 씨. 역시 버리긴 아까우니까 집에서 실내복으로 입는 건 어떨까요?"

물려받은 셔츠 원피스를 펼쳐 든 사오리 씨가 엄마를

감싸듯이 말했다.

"사오리 씨, 그것도 좋지 않아요. 그렇게 강등시킨 실내복들을 입을 일은 십중팔구 오지 않거든요. 고객 대다수가 그런 옷을 결국 실내복으로 활용하지 못하고 짐만 늘리고 있어요."

나는 사람들을 보면 집에서 어떤 실내복을 입고 지내는지를 알아맞힐 수 있다. 방에서의 차림새는 그 사람이 겉으로 자아내는 이미지에 영향을 미치기 마련이다.

"설레지 않는 옷을 강등시켜 실내복으로 입다 보면 반드시 행동이나 살아가는 방식에 영향을 끼칩니다. 집에서도 가장 설레는 실내복을 입고 자신의 셀프 이미지를 높이셔야 해요."

"부러워요."

"부럽다고요?"

"미코 씨는 자신만의 신념이 확실하게 서 있고, 하고 싶은 일을 직업으로 하고 계시니까요."

"저도 처음부터 이랬던 건 아니고요. 조금씩 하고 싶은 일이 확실해졌을 뿐이에요."

그렇게 일러주며 나는 유코 씨가 한 말을 떠올렸다.

"사오리에게 혼자 사는 건 무리라고 몇 번이나 말했는

지 몰라요."

유코 씨는 내게 정리를 의뢰할 때 걱정스럽다는 표정으로 그렇게 중얼거렸다.

하지만 사오리 씨는 취직을 계기로 조금씩 바뀌려고 하는 건지도 모른다. 그렇다면 도와주고 싶다. 나는 마음을 다잡고 제의했다.

"다시 정리를 시작해볼까요?"

"어떤 순서로 정리해야 좋을까요?"

사오리 씨가 여섯 평 남짓한 하얀 방을 둘러보았다. 안쪽 벽에는 침대가 놓여 있었고 왼쪽에는 옷장이, 오른쪽에는 책상과 책장이 있는 전형적인 '아이 방'이지만 벽이나 가구, 물건이 전부 검은색과 흰색, 그리고 회색으로 이루어져 있어 아이 같은 느낌은 없었다.

"물건별로 정리하죠! 우선 지금 정리하고 있는 옷, 다음은 책과 서류, 그다음에는 잡동사니들, 이런 식으로요. 어머니가 다시 들어 오기 전에 얼른 해버리자고요!"

"네!"

우리는 마주 웃고는 분담해서 정리를 시작했다.

사오리 씨가 남겨둘 옷을 고르는 동안, 나는 책장에서 책을 전부 꺼냈다. 책을 들어봐도 역시 들려와야 할 노랫소리는 들려오지 않았다. 아마 이 책들도 대부분 어머니의 뜻대로 갖춰진 거겠지. 나는 순식간에 책을 다 꺼낸 뒤 옷장에 들어있는 노란색 장난감 상자를 꺼내 뚜껑을 열었다.

아무 소리도 나지 않던 방 안에 뽀롱! 하고 장난감 피아노 소리가 울렸다. 원숭이 장난감이 쨍! 하고 심벌즈를 치면 오르골이 「오버 더 레인보우」의 감미로운 멜로디를 자아냈다.

"엄마가 예전에 장난감을 많이 사주셨어요."

옆에서 사오리 씨가 장난감 상자를 들여다보고 있었다. 느닷없이 울려 퍼진 장난감 소리가 사오리의 기억 스위치를 켠 모양이었다.

"장난감들이 전부 근사해요."

나는 그 방에 어울리지 않는 노란색 장난감 상자로 눈길을 던졌다.

"엄마, 같이 노래 불러요."

장난감 피아노가 어린아이의 목소리로 말을 걸었다.

"엄마, 이것 좀 봐요! 쨍쨍쨍쨍!"

원숭이 장난감이 깔깔대며 웃었다.

"엄마, 엄마! 더 들려줘요!"

오르골이 떼를 썼다.

"저희 아빠가 무역회사에 다니셨는데 해외 부임이 많았어요. 그래서 엄마는 제가 외로울까 봐 갖고 싶어 하는 장난감은 뭐든지 사주셨죠. 엄마는 전업주부고 저는 외동이라 항상 둘이서 이 장난감을 가지고 놀았어요."

"자상한 어머니네요."

"네, 지나칠 정도로요."

사오리 씨는 낡은 오르골을 집어 들었다.

"그래도 과보호죠? 저도 알아요. 초등학교에 들어갈 무렵부터는 뭐든지 엄마 말에 따랐어요. 입는 옷, 읽는 책, 취미 활동, 그리고 함께 노는 친구서부터 진학할 학교까지, 제게는 엄마 말이 전부였어요. 이렇다 할 반항기도 없었고 엄마를 기쁘게 하는 게 제가 원하는 일이라고 생각했어요. 이걸 갖고 싶다고 하면 엄마가 좋아하겠구나, 이런 옷을 입으면 싫어하겠구나, 항상 그런 기준으로 옷이든 책이든 골라왔어요."

사오리 씨는 바닥에 펼쳐진 무채색 옷과 책상 위에 놓여 있는 수수한 문구 용품을 보며 고백했다.

"왜 그렇게까지 순순히?"

"왜일까요? 그때 주술에 걸린 걸지도 몰라요."

"주술이요?"

뜻밖의 말에 장난감으로 내밀던 손을 멈추고 사오리 씨를 바라보았다.

"제 일곱 살 생일 때였어요. 할아버지한테 졸라서 난생처음으로 갖고 싶던 옷을 선물 받았어요. 핑크 프릴이 달린 원피스였는데, 엄마가 그 옷을 보더니 제게 뭐라고 한 줄 아세요?"

"예쁘네, 하고 기뻐하셨겠죠."

아니에요, 하며 사오리 씨가 고개를 가로저었다.

"너는 얼굴이 밋밋해서 조금이라도 귀티 나 보이게 입어야 돼, 라고 했어요. 엄마한테 그 말을 들은 뒤로는 저도 흰색이나 검은색 같이 반듯해 보이는 옷이랑 신발만 고르게 되었어요. 분홍색이나 하늘색 문구 용품이 너무나 갖고 싶었는데도, 엄마 눈치를 보면서 무채색을 집어 들다 보니 저도 어느 사이엔가 내가 무채색을 좋아한다고 믿게 되었어요."

사오리 씨의 말에 왠지 가슴이 아파왔다. 나이 차가 얼마 나지 않아서인지 그녀의 마음이 어땠을지 아플 정도로 이해가 되었다. 나도 뭘 골라야 엄마가 좋아할지를 잘 알기에 교복같이 수수한 옷들만 입고 다니던 시기가 있었다. 취미와 학원도, 그리고 진학할 학교도 엄마가 하라는 대로 했었다.

"여자들은 그렇게 일하지 않아도 돼."

전업주부였던 엄마는 출판사에 다니던 무렵의 내게 자주 농담조로 말하곤 했다.

"바쁜 직업은 못 쓴다. 책임이 무거운 일도 안 돼. 그러다 결혼도 못하게 되잖니?"

나는 도무지 그 말이 농담으로 들리지 않았다. 하지만 누구나 자신이 살아온 길을 부정할 수 없다. 평생 전업주부로 살아온 엄마는 내가 열심히 일하는 모습을 보며 자신의 인생을 부정당하는 기분이 들었는지도 모른다.

"우리는 우리의 인생을 살자고요!"

갑작스러운 나의 선언에 사오리 씨가 네? 하며 여우에 홀린 듯한 얼굴을 했다.

"어이, 미코. 네 머릿속에서 혼자 막 생각하고는 갑자기 뜬금없는 말을 하면 어떡해? 무슨 뜻인지 통 모르잖아. 내가 늘 말하는데도! 쯧쯧."

보쿠스가 답답하다는 표정으로 쳐다봤다. 아, 내가 또 그랬나? 하고 생각하면서도 나는 그대로 말을 이어갔다.

"어머님이 '아까워하는' 마음도 잘 알아요. 하지만 우리에게 중요한 건 '갖고 싶어!'가 아니라 '필요 없어!'라고 생각할 줄 아는 감각이에요. '있으면 더할 나위 없지!'보다는 '없어도 어떻게든 되겠지!'가 더 좋지 않으세요?"

사오리 씨는 말없이 고개를 끄덕이더니 일어나 옷들을 차례차례 봉지에 집어넣기 시작하는데, 나는 깜짝 놀라고 말았다. 사오리 씨가 결국 여기 있는 옷의 절반 이상을 버리기로 결정했기 때문이다.

"저, 할게요. 새로운 인생을 위해서 확실히 정리할 거예요."

그렇게 말한 사오리 씨는 각오를 다지며 맑게 미소 지었다.

정리를 돕다 보면 이런 일이 종종 있다. 의뢰인이 새로운 인생으로 한 발짝 나아가는 순간을 볼 수 있다는 게 이 일의 묘미 중 하나다.

◇◇◇◇

좋아, 이번엔 수납이다.

나는 원피스 소매를 걷어붙이고 목에 두른 붉은 스카프를 고쳐 맸다.

"이번에는 남기기로 한 옷을 개서 골판지 상자에 넣을

거예요. 옷을 개는 건, 앞으로 자신을 지켜줄 옷을 격려하고 애정을 표현하는 행위이기도 해요. 그러니까 항상 지켜줘서 고맙다는 마음을 담아야 해요. 그러면 여기가 해졌다든가 슬슬 수명이 다 되어간다든가 하는, 세세한 부분을 알아차릴 수 있거든요."

"어쩐지 어린아이를 다루는 것 같네요."

사오리 씨는 웃으며 정성스레 한 벌 한 벌 개어나갔다. 아무 말이 없던 옷들에게서 희미하게 숨소리와 소곤거리는 소리가 들려오기 시작했다. 옷들이 그녀의 물건이 되려고 하는 것이다.

"머리를 쓰다듬고 안아주는 부모와 자식 간의 스킨십이 아이에게 정서적인 안정을 주는 것과 똑같아요. 사람의 손을 통해 옷으로 에너지가 흘러 들어가면, 몸도 마음도 치유되어 건강해지거든요. 반듯이 갠 옷은 주름이 쫙 펴지고 옷감에 생기가 돌아요."

"그렇다면 저는 시들어 있는지도 모르겠어요."

사오리 씨가 조금 쓸쓸한 듯이 자조의 빛을 보였다.

"그럴 리가…."

"중학교 때부터 엄마와의 스킨십이 없어졌거든요."

"사오리 씨, 저도 그랬답니다. 물론 저의 엄마도 다른 뜻이 있었던 게 아니라 딸을 한 사람의 어른으로 대하려 하셨던 거겠지만요."

내 진심을 듣고 사오리 씨는 입을 다물고 말았다. 너무 감상적으로 말했나 싶으면서도 나는 목소리를 한층 높여 말을 이었다.

"이건요! 이삿짐 박스에 물건을 넣을 때의 팁인데요!"

"꼭 알려주세요!"

"고른 물건을 카테고리별로 상자에 넣으면 좋아요. 그리고 이사한 곳에서는 바로 물건을 꺼내고 박스를 찌부러뜨릴 것! 이삿짐 상자에 물건이 들어 있는 상태로 내버려두었다가 다음 이사할 때를 맞이하는 분들도 많은데, 그건 절대 안 돼요."

"맞네요… 저도 전에 이사 온 상태로 그대로 둔 상자가 있어요."

사오리 씨가 옷장 깊숙한 데서 상자를 끄집어냈다.

"뒤집어 엎어보세요. 안에서 잠들어 있던 물건들이 깜짝 놀라 앗! 하면서 튀어나올걸요."

내가 웃자 사오리 씨가 힘껏 상자를 뒤집었다. 그러자 어릴 때의 사진이며 잡동사니 같은 추억의 물건들이 떨어져 여기저기 흩어졌다.

"진짜다! 앗! 하고 소리 지르는 것 같아요."

"인생에서 결정을 나중으로 미루지 말고 뒤집어엎는 게 정리의 역할이에요. 아무리 소중한 물건이라도 상자 안에 들어 있는 동안에 쓰레기가 되어버려요. 그중에서 소중한 물건만 다시 골라서 새집으로 가져갑시다."

◇◇◇◇

석양이 방 안으로 비쳐 들어올 무렵, 초인종이 울리고 파란색 일체형 작업복을 입은 이삿짐센터 직원 두 명이 방으로 들어왔다. 건장한 팔로 방에 쌓인 상자를 번쩍 들어 올려 차례차례 옮겨갔다.

그때 이삿짐 상자의 숲 가운데 단 하나 어울리지 않는 빨간 상자가 놓여있는 것을 발견했다.

"이거, 사오리 씨 거예요?"

내가 묻자 사오리 씨는 조금 부끄러운 듯이 상자를 꺼안았다.

"네, 제 인생에서 제일 비싼 물건일지도 몰라요."

"뭐야 뭐야? 뭐가 들어 있는데?"

자꾸 얼굴을 내밀려는 보쿠스를 있는 힘껏 눌렀다. 제

가 상자여서인지 동료 상자 안에 든 내용물이 굉장히 궁금한 모양이다.

웃으면 안 돼요, 하고 미리 다짐을 받은 사오리 씨가 빨간 상자를 열었다. 안에는 루비색으로 빛나는 하이힐이 들어 있었다.

"앞으로 일하게 될 작은 영화사에 취직이 결정된 날, 눈 딱 감고 사버렸어요. 〈오즈의 마법사〉에 나오는 도로시 구두 같죠? 어릴 때 엄마와 둘이서 〈오즈의 마법사〉를 자주 봤어요. 얼마나 빠졌던지 원작 소설도 몇 번이나 읽었어요. 엄마는 까맣게 잊었겠지만 전 그때부터 줄곧 동경했거든요, 뒤꿈치를 부딪히면 어디든지 갈 수 있는 마법의 구두."

"정말 예쁘네요."

넋을 잃은 내게 사오리 씨가 구두를 건넸다. 내 양손 위에서 루비색이 빛났다. 보쿠스도 뺨을 붉힌 채 정신없이 구두를 바라보았다.

"사실 저 무역회사 사무직에도 붙었어요. 엄마는 좋은 결혼 상대도 만날 수 있고 안정적이라면서 그 회사로 가길 바랐지만… 저 처음으로 엄마한테 반항했어요."

"늦게 찾아온 반항기로군요."

"정말 그렇죠. 그래도 엄마 말이 맞기는 해요. 이런 예쁜 구두는 분명 나한텐 안 어울릴 거예요. 하지만 전… 용기를 내고 싶을 때 이 구두를 신을 거예요."

"자, 가볼까? 어디로든 걸어갈 수 있어."

루비색 구두가 큰 소리로 말했다. 이건 분명 이 구두를 샀을 때부터 사오리 씨가 자신에게 해온 말이겠지. 가게에 진열된 신발 중에서 이 구두를 선택했을 때의 두근거림, 가빠지는 호흡, 다리의 떨림까지 고스란히 느껴지는 듯해서 눈물이 나올 것만 같았다.

"사오리 씨는 분명 어울리게 될 거예요. 반드시."

사오리 씨에게 구두를 돌려주며 힘주어 내 마음을 전했다.

"고마워요… 미코 씨."

루비색을 가슴에 끌어안은 사오리 씨가 싱그러운 미소를 지었다.

"트럭에 실은 짐을 한번 확인해 주시겠어요?"

이삿짐센터 직원이 다가와 사오리 씨에게 말했다. 나는 다녀오라고 눈짓하고 그녀를 보냈다.

사오리 씨가 나가자마자 교대하듯 유코 씨가 청소기를 들고 방으로 들어왔다.

"싹 치웠네."

유코 씨는 조금 쓸쓸한 표정으로 한숨을 내뱉으며 방 안 구석구석 정성스럽게 청소기를 돌렸다. 익숙한 그 모습을 보며 나는 그녀가 매일같이 이렇게 딸의 방을 청소해 왔다는 걸 알았다.

"그건 그렇고 딸애가… 이렇게나 버렸군요."

유코 씨가 방 밖에 내놓은 쓰레기봉투를 바라봤다.

"하나씩 만져보면서 설레는 물건만 남겨 놓은 거예요."

"그거 저도 해본 적 있어요."

"정말요?"

"네, 벌써 10년쯤 되었나? 딸아이가 입던 옷을 조카에게 주려고 정리한 적이 있어요. 이렇게 자그마한 옷을 입었었구나 싶어서 손에 쥐었는데, 왠지 너무 애틋해서… 옷을 꼭 끌어안았죠."

"설레시던가요?"

"아니요. 제가 설레던 그 감촉은 이미 없었어요. 아이 때 옷들은 무척이나 귀여워서 버리기 싫었지만, 정말 귀엽고 사랑스러웠던 건 이 옷을 입고 있던 사오리였다는 걸 깨달았지요. 내가 꼭 안고 싶은 건 옷이 아니라 딸이구나, 하고요. 그런데 말이죠…. 깨닫고 보니 설교에 잔소리만 잔뜩 해대는 엄마가 되어 있는 거예요…. 딸애를 더 많이 안아줄걸 그랬어요."

유코 씨는 책상 옆 기둥에 손을 살며시 갖다 댔다. 딸이 성장할 때마다 키를 재어 표시해놓은 선을 따라 아래서부터 위로 어루만졌다.

"따님에게 어머니 마음이 분명히 전해졌을 거예요."

내가 기둥에 새겨진 흔적을 바라보며 말하자, 유코 씨는 그러면 좋을 텐데요, 하며 미소를 보였다.

"그건 그렇고 미코 씨는 재미있는 직업을 찾으셨네요."

"정리 일 말인가요?"

"네. 그 일은 제가 지금까지 계속해왔던 일과 똑같잖아요. 시대가 달랐다면 집안일도 직업이 됐을지도 모르겠어요."

그러네, 하고 나는 고개를 끄덕이며 이 일을 시작하게 된 날을 떠올렸다. 몇 가지 신기한 우연이 나를 이 직업으로 이끌었던 것이다.

"이제 가볼게요!"

어느새 돌아와 있던 사오리 씨의 목소리에 나는 정신이 번쩍 들었다.

"정말 고맙습니다!"

사오리 씨가 나에게 고개 숙여 인사했다. 동그랗게 말린 포니테일이 흔들렸다.

"사오리 씨, 힘내요!"

나는 그 가녀린 몸을 안아주었다.

"이제 쓸데없이 사과하지 말라고."

내 옆구리에서 보쿠스가 웃었다.

"엄마…."

사오리 씨가 작은 목소리로 부르면서 어머니에게로 돌아섰다.

그 눈은 더 이상 어머니의 눈치를 살피지 않았고, 어딘가 자신감에 차 있었다.

"저, 갈게요."

"잘 다녀오렴…."

"그리고 이거 받아주세요."

사오리 씨는 조금 전 장난감 상자에서 발견한 낡은 오르골을 어머니에게 건넸다. 유코 씨가 천천히 태엽을 감자 「오버 더 레인보우」의 멜로디가 흘러나왔다.

"〈오즈의 마법사〉 노래네…."

유코 씨의 입에서 나온 그 말에 사오리 씨가 깜짝 놀랐다.

"엄마 기억하고 있었어?"

"당연하지. 항상 같이 봤잖니. 너는 도로시의 빨간 구두를 좋아했지."

"엄마…."

사오리 씨의 뺨에 한줄기 눈물이 흘러내렸다.

"지금까지 감사했어요."

사오리 씨는 눈물을 감추려는 듯 깊이 고개를 숙이고는 발걸음을 돌려 현관을 향했다.

딸의 뒷모습을 사랑스러운 눈길로 바라보면서 유코 씨가 뒤따라 나왔다.

오르골에서는 「오버 더 레인보우」의 멜로디가 흐르고 있었다. 그것은 두 사람의 이별을 슬퍼하는 것처럼, 그리고 동시에 새로운 여행을 축복하는 것처럼 들렸다.

"그럼, 다녀올게요!"

사오리 씨는 현관에서 눈물을 훔치더니 루비색 하이힐을 신고 도로시처럼 하이힐의 양 뒤꿈치를 맞부딪혔다.

'이 구두만 있으면, 어디든지 갈 수 있어' 하고 노래하듯이.

ROOM ⑤

수다스러운 작은 상자

어쩌다가 나는 '정리를 도와주는' 색다른 일을 시작했을까? 어떻게 사물의 소리를 들을 수 있게 되었을까? 왜 이 수다스러운 작은 상자를 데리고 다닐까?

몇 가지 신기한 사건에 이끌려 나는 이 일을 시작했다. 설명하자면 길어지겠지만, 오늘은 조금 시간을 내서 이야기를 해보려 한다.

◇◇◇◇

나는 어릴 때부터 가끔 물건들이 내는 소리를 들었다. 처음 그 소리를 들은 것은 초등학생이 된 지 얼마 되지 않았을 때였다. 일곱 살 생일 선물로 아버지가 노란 자전거를 사주셨는데, 나는 자전거가 너무 좋아서 매일같이 타고 다녔다. 어딜 가든 그 자전거와 함께했다. 3년이 지나자 내 키는 20센티미터나 자랐고 그렇게나 크게만 느껴지던 자전거가 작아지기 시작했다.

"이제 새 걸 살까?"

아버지와 함께 자전거를 타고 간선도로를 따라 있는 자전거 가게로 갔다.

가게에 들어서자마자 내 눈길은 하늘색 자전거에 사

로잡혔다.

"저거 갖고 싶어, 하늘색."

"네겐 조금 클지도 모르지만, 아빠도 그게 좋구나."

아버지가 웃으며 하늘색 자전거를 사주셨다. 새 자전거에 걸터앉아보니 바퀴도 핸들도 전부 커다랗고 반짝반짝 빛이 났다.

"그럼 낡은 자전거는 저희가 처분할까요?"

자전거 가게에서 제안하자 아버지는 괜찮지? 하고 내 얼굴을 들여다보았다. 나는 잠자코 고개를 끄덕였다.

새 자전거를 타고 집으로 돌아왔다. 굉장히 신이 나야 할 텐데 왠지 마음이 뒤숭숭했다. 저녁 식사를 한 후, 안절부절못하다가 결국 혼자 자전거 가게로 되돌아갔다.

내가 타던 노란색 자전거가 가게 한쪽에 폐기 처분될 다른 자전거 몇 대와 함께 놓여 있었다. 매일 타던 내 단짝은 완전히 칙칙해지고 작아진 모습이, 마치 죽은 것 같았다. 안타까운 마음에 닳고 닳은 안장을 어루만지자 노란 자전거로부터 울음소리가 들려왔다. 어린 여자아이 목소리로 훌쩍훌쩍 울고 있었다. 나는 참지 못하고 눈물을 터뜨렸다. 미안해, 하고 수도 없이 되풀이하면서 나는 자전거가 울음을 그칠 때까지 계속해서 안장을 어루만졌다.

고등학생 때는 처음으로 가죽 지갑을 선물 받았다.

"이제 다 컸으니까 제대로 된 지갑을 가지고 다녀야지."

어머니는 그렇게 말하며 흰색 스티치로 테두리를 두른 갈색 가죽 지갑을 사주셨다. 그때까지 쓰던 비닐 지갑에서 지폐와 동전, 정기승차권과 체크카드를 꺼내 새 지갑으로 옮겨 넣었다. 그때 휴우, 하고 깊은 한숨 소리가 들렸다. 놀라서 낡은 지갑을 바라봤더니 마치 바람이 빠진 것처럼 납작해져 있었다. 영혼이 빠져나간 거라고 느꼈다.

"지금까지 고마웠어."

나는 그렇게 속삭이고는 완전히 찌그러진 비닐 지갑을 아끼는 손수건으로 고이 감싸 옷장에 넣어두었다. 또다시 휴우 하는 깊은 한숨 소리가 들리더니 이내 손수건 안에서 평온하게 잠자는 숨소리가 들려왔다.

대학교를 졸업하고 취직했을 때는 휴대전화를 새로 바꿨다. 고등학교 때 처음으로 갖게 되었던 휴대전화를 스마트폰으로 바꾼 것이다. 연락처와 메모, 사진 등 데이터를 새로 산 스마트폰으로 옮기고 나서 시험 삼아 새 스마트폰으로 전 휴대전화에 감사의 메시지를 보냈다.

"고마워, 고생 많았어."

낡은 휴대전화가 부르르 몸을 떨더니 스마트폰에서 보

낸 메시지를 받았다. 그 순간 '고생은요, 무슨!' 하고 속삭이는 목소리가 들리고 화면이 훅 하고 꺼졌다. 그 뒤로 몇 번이나 전원을 다시 켜보려고 했지만 낡은 휴대전화는 더 이상 켜지는 일 없이 그대로 잠이 들었다.

가방을, 수첩을, 그리고 양말을 새것으로 바꿀 때마다 나는 '잘 가!' '안녕!' 하고 인사를 나누면서 물건의 목소리를 듣게 되었다. 물건과 주인 사이에 놓인 '기억의 영혼' 같은 것이 내게 말을 거는 거다. 사물의 목소리를 듣는 것은 결코 특별한 능력이 아니라고 생각한다. 인류는 예로부터 무수히 많은 신을 숭상했고 물건에 깃든 혼을 두려워했다. 그 목소리는 분명 누구의 귀에도 전해진다. 단지 그것을 알아차리느냐 아니냐의 차이일 뿐이다.

누군가는 내가 꽤 환상적인 세계에서 살고 있다고 여길 것이다. 보쿠스도 그렇게 말한다. 작은 상자인데도 조잘거리는 네게 듣고 싶지 않다고! 라고 항상 되받아치고 있긴 하지만.

오해가 없도록 말해두자면, 나는 어릴 적부터 굉장히 현실적인 사람이었다. 외계인도 유령도, 흔한 점조차 믿지 않았다. 좋아하는 것은 요리, 빨래, 청소였다. 말하자면 집안일. 그중에서도 특히 좋아한 것이 바로 '정리'였다.

우선은 내 방을 치우고 그다음엔 나서서 부모님과 여동생 방도 정리했고 부엌, 거실, 욕실을 비롯해 집 안 곳곳을 정리했다. 집만으로는 성에 차지 않아서 학교에서도 허락받은 곳은 전부 다 정리했다.

쉬는 시간에 친구들이 피구 공을 가지고 놀 때 나는 교실 사물함을 정리했으며 도서관 책상 위에 널브러져 있는 책들을 제자리에 꽂아두었다. 모두 귀가한 방과 후에는 체육 창고와 음악실, 미술실을 부지런히 정리했다.

하지만 고등학생이 될 무렵, 점차 고민하기 시작했다. 아무리 해도 정리가 마음처럼 잘되질 않았다. 해서 어머니가 사 온 생활정보지를 읽어보면서 온갖 정리와 수납 기술을 익혔다.

수납 용품을 사기도 하고 직접 만들기도 했다. 하지만 한번 정리한 방이 어느새 다시 뒤죽박죽이 되기 일쑤였고 아무리 치우고 또 치워도 순식간에 원래처럼 어지럽혀지곤 했다.

그러다 문득 깨달았다. 어머니에게 요리, 빨래, 청소는 배웠는데 정리는 배운 적이 없다. 애당초 집안일을 좋아하는 어머니조차 정리만은 서툴렀다.

왜 그럴까?

나는 초조했다. 무시무시한 표정으로 방 정리를 하는 나를 보고 여동생은 '정리 귀신'이라며 놀려댔다. '정리의 정답'을 어떻게 해서든 찾고 싶어서 안간힘을 쓰고 있었다.

그런 내가 어떻게 '정답'을 찾아 정리를 직업으로 삼게 되었을까?

이에 관해서는 우선 열일곱 살의 여름에 내가 겪은 '조금은 신기한' 일부터 이야기해야 할 것이다.

◇◇◇◇

"미코, 오랜만이구나. 오늘도 정리하고 있었니?"

규슈에 사는 미카코 할머니로부터 전화가 걸려온 것은 내가 열일곱 살 생일을 맞이한 지 얼마 안 되었을 무렵이었다.

"응, 오늘은 아빠 옷장을 정리하고 있었어요. 몇 년 동안이나 입지 않은 옷들이 있어서 몰래 버리려고요~."

목소리를 낮춰 할머니에게 알려주자 할머니는 여전히 미코답구나, 하며 방울 굴러가는 듯한 목소리로 웃었다.

"네 아빠는 옛날부터 물건을 좀처럼 버리지 못했거든. 그래서 나도 몰래 다른 장소로 옮겨버리곤 했지. 걱정 마.

절대 눈치채지 못할 거야."

나는 미카코 할머니가 정말 좋았다. 고상한 미인인 데다 항상 상냥하고 요리와 양재 솜씨가 뛰어났다. 의사였던 할아버지는 내가 초등학생이 되기 전에 돌아가셨다.

그때부터 할머니는 숲속에 지어진 서양식 주택에서 혼자 살고 계신다. 혼자여도 집안일을 소홀히 하지 않아 집 안은 항상 반짝반짝 윤이 났고 주방에는 멋진 조리 도구들이 즐비했다. 정원에는 다양한 꽃과 허브를 심어 계절마다 화사한 꽃들이 활짝 피어났다.

할머니는 내 마음을 다 꿰뚫어 보아서 친구 문제, 공부 문제 등 만날 때마다 고민을 들어주셨다. 나는 어릴 적에 즐겨 읽던 소설에서 이름을 따와 할머니를 '서쪽 마녀*'라고 불렀다.

"물건이 꽤 늘어나서 말인데, 우리 집 좀 정리해주지 않으련? 네 방도 그대로 있으니까 와서 자고 가."

미카코 할머니 댁에 가는 건 4년 만이었다. 어렸을 때는 여름방학마다 놀러갔었다. 할머니는 2층 다락방을 여

---

* 영국인 외할머니와 등교 거부 중인 손녀 사이의 공감대를 그린 나시키 가호의 소설 『서쪽 마녀가 죽었다』에서 손녀 '마이'가 마치 예지력이 있는 듯한 외할머니에게 붙인 별명.

기는 미코 방이야, 하고 내어주셨다.

코발트블루로 테두리를 두른 정사각형 모양의 창문으로 새하얀 아침 햇살이 쏟아져 들어오는 다락방을 떠올리자 가슴이 두근두근 뛰었다. 할머니를 만나고 게다가 정리도 할 수 있어! 부모님도 나의 '정리 여행'을 흔쾌히 허락해주셨다.

그다음 주에 여름방학이 시작되자 나는 처음으로 혼자 여행을 떠났다. 비행기와 전철, 그리고 버스를 갈아타니 네 시간 반이 걸렸다. 버스 정류장에 내려 숲속으로 들어가 강을 따라 15분 정도 걸어가자 네모난 상자에 코발트블루 색 삼각 지붕이 얹힌 양옥이 눈에 들어왔다.

숲속의 할머니 집은 변함 없이 그곳에 있었다. 하얀 울타리로 둘러싸인 넓은 마당에는 형형색색의 꽃들이 만발해 있었고 갖가지 허브들이 향기를 풍겼다.

목제로 된 큰 문을 열자 내가 올 시간을 알고 있었다는 듯이 오렌지색 스카프를 목에 두른 할머니가 기다리고 있었다. 역시 할머니는 '마녀'인지도 모른다.

"어서 오렴, 미코."

할머니가 미소로 맞아주었다. 기분 탓인지 눈꼬리에 눈물이 번져 있는 것 같았다. 할머니가 먼저 오라고 하시긴 했지만 처음으로 혼자 여행하는 손녀를 꽤 걱정하고 계신다고 아버지에게 전해 들었다.

"할머니, 사랑해요."

무심결에 이 말이 튀어나왔다.

"호호 갑자기 왜 이럴까? 오래 걸렸지? 우선 차라도 마시고 푹 쉬렴."

할머니는 나를 다이닝룸으로 데려갔다.

다이닝룸에는 오래된 페르시아 카펫이 깔려 있고 세월이 느껴지는 원목 식탁과 의자가 놓여 있었다. 찬장에는 앤티크 접시와 찻잔들이 가지런했다. 할머니는 영국과 독일, 그리고 북유럽의 고풍스러운 식기를 모으는 게 취미였다.

"곧 차를 내올 테니까 앉아서 기다리렴."

할머니는 찬장에서 덴마크 찻잔과 주전자를 꺼내 부엌으로 들어갔다. 할머니는 옛날부터 값비싼 앤티크 다기를 아낌없이 사용했다.

"소중한 물건을 너희와 함께 쓰는 게 정말 좋아."

그렇게 말하며 우리를 대접해주었다. 오랜만에 반가운 다기들을 보니 문득 옛 기억이 떠올랐다. 내가 딱 한 번 할머니의 찻잔을 깨뜨린 적이 있었다. 홍차 옆에 곁들여 나온 쿠키가 깜짝 놀랄만큼 맛있어서 엄마 것도 챙기려는 욕심에 과자로 손을 뻗다가 찻잔을 쳐 바닥에 떨어뜨리고 말았다. 그 찻잔의 가치를 아는 아버지는 말을 잃고서 하얗게 부서진 파편만 멍하니 바라보고 있었다. 미코! 엄마는 당황해서 나를 꾸짖었다.

그러자 할머니가 얼른 내 발밑에 흩어진 파편들을 줍고는 나를 끌어안으며 다독여주었다.

"미코, 괜찮니? 다치진 않았어?"

나는 내가 저지른 잘못을 깨닫고 흐느껴 울었다. 할머니는 눈물을 흘리고 있는 나의 머리를 쓰다듬으며 귓가에 속삭였다.

"괜찮아. 이 찻잔의 역할은 이렇게 할머니가 너를 끌어안을 계기를 만들어주는 거였어. 제 역할을 다 하고 깨졌으니 그걸로 된 거야. 기쁘게 보내주자."

만나는 물건에도 헤어지는 물건에도 반드시 저마다의 역할이 있어 우리의 삶을 조금씩 바꿔간다. 물건을 대하는 내 태도의 기본은 이 다정한 마녀에게 배운 것이다.

민트 향에 정신이 들었다.

눈앞에 놓인 잔이 뭉게뭉게 김을 뿜고 있었다. 선명한 녹색 민트는 산뜻하면서도 진한 향을 풍겼다. 앤티크 잔에 입을 대고 한 모금 삼키자 긴 여행의 피로가 저절로 풀렸다.

"맛있어요."

"다행이네. 오늘 아침 정원에서 딴 거란다."

"마음이 무척 편안해져요. 마법은 건재하네요."

"그냥 차일 뿐인걸."

그렇게 말하며 웃는 할머니에게 나는 물었다.

"그런데 갑자기 웬 정리에요? 할머니는 정리의 천재잖아요."

"미코가 찾아주었으면 하는 물건이 있어."

"그게 뭔데요?"

"옛날에 할아버지가 그린 그림. 문고본 정도 크기의 작은 그림인데, 백목 액자에 넣어 어딘가에 잘 두었을 거야. 근데 여기저기 찾아봐도 보이질 않아서."

분명히 있을 터인데 찾을 수가 없다. 정리 일을 하다 보면 흔히 듣는 말이다. 마음에 든 모자, 아끼던 목걸이, 열심히 읽던 책 등. 설마 발이 달려 도망갔나? 아니면 도둑이나 난쟁이가 가져갔나? 아니, 아니, 그럴 리가 없어. 분명히 집에 있을 텐데 도저히 찾을 수가 없다며 의뢰인들은 초조해한다. 정리는 그런 고민을 금방 해결해준다.

아, 이런 곳에 있었네. 잃어버린 줄 알았던 물건을 찾고 기뻐하는 의뢰인의 모습을 수없이 봐왔다. 그때마다 정리란 마치 보물찾기 같다는 생각이 든다.

할머니의 보물찾기 의뢰에 나는 가슴이 두근두근 설렜다.

"알겠어요! 정리하다 보면 꼭 찾을 수 있을 거예요. 제게 맡기세요!"

민트 티를 다 마시고 바로 정리에 착수했다.

◇◇◇

정리를 시작한 나는 갑자기 맥이 쭉 빠졌다.

1층에 있는 거실, 다이닝룸, 부엌 그리고 2층의 할머니 침실과 서재, 게다가 창고까지 어디든 깔끔하게 정돈되어 있어 더 이상 정리할 곳이 없었다. 역시 할머니! 하고 감탄할 뿐이었다. 하는 수 없이 침대 밑이나 책장 뒤편을 들여다봤지만 백목 액자에 끼워진 그림은 보이지 않았다.

나는 어깨를 축 늘어뜨리고 다락방으로 이어지는 사다리를 올라갔다. 다락방 마룻바닥으로 얼굴을 내밀자 햇볕 냄새가 났다. 네모난 창문으로 햇살이 들어와 작은 침대와 하얀 옷장을 비추고 있었다. 어릴 적 기억이 떠오르게 하는, 내가 여름방학에 지내던 방이다. 책장에는 장난감과 그림책이 어지러이 놓여 있었다. 사다리를 딛고 올라가 다락방에 들어선 나는 등 뒤에서 느껴지는 알 수 없는 기척에 돌아보았다. 벽 쪽으로 많은 상자가 수북하게 쌓여 있었다.

머스터드 옐로, 스카이 블루, 짙은 갈색에 모스그린, 새먼 핑크 줄무늬에 모노톤의 체크무늬. 손바닥만 한 작은 상자부터 아이 키만큼 큰 상자까지 갖가지 크기와 색상의 상자들이 모자이크 타일처럼 벽 쪽에 놓여 있었다. 상자들은 마치 타임 슬립해서 와 있기라도 한 듯이 옛 모습을 그대로 간직하고 있었다.

어렸을 때 나는 '상자'라면 사족을 못 썼다.

과자 상자, 구두 상자, 장난감 상자, 과일 상자. 게다가 생일 선물에 크리스마스 선물, 명절과 연말 선물 등 집에 상자가 생기기만 하면 달라고 졸라댔다. 할머니 집에서도 원래 있던 상자나 새로 배송되어 온 물건의 빈 상자를 닥치는 대로 모아 다락방으로 옮겨놓았다.

지금도 여전히 상자를 좋아해서 집 정리를 할 때 자주 쓰긴 하지만 그때처럼 광적으로 상자를 모으지는 않는다. 하지만 할머니는 내가 상자를 좋아하던 것을 기억하고 다락방에 모아두었던 상자 더미에는 손대지 않았던 것이다. 그렇게 생각하니 약간 죄송한 마음이 들었다.

"정리해야 할 곳은 이 방이었어."

나는 자신에게 타이르듯 중얼거리고 나서 빨간 스카프를 고쳐 매고는(이때부터 나는 빨간 스카프를 좋아했다) 다락방을 정리하기 시작했다.

먼저 옷장을 열고 옷을 죄다 꺼냈다. 작은 옷들이 계속해서 나타났다. 할머니는 내가 어릴 때 입던 옷도 버리지 못했던 것이다. 나는 큰맘 먹고 이미 제 역할을 다한 옷들을 버릴 옷가지 더미 쪽으로 분류했다.

이어서 책상이다. 책상에는 할머니가 부족함 없이 사주신 그림책이 한가득 있었다. 좋은 그림책은 몇 살이 되어 읽어도 설렌다. 나는 그림책을 책장에 남겨두고 먼지를 뒤집어쓰고 있는 장난감에게 "고마워" 하고 마음을 전한 뒤 버릴 물건 더미에 올려놓았다.

마지막 정리 작업은 수도 없이 많은 상자 더미였다. 왜 이렇게 잔뜩… 하고 한숨이 나왔지만 하나하나 상자를 열어 안을 확인하고 버리기 시작했다.

"빨리 먹어! 맛있단 말이야!"

"아직도 반짝반짝 빛나. 신고 나가요."

"놀아줘, 놀아줘!"

"그 애, 기뻐할까?"

"곧 썩어버리겠어…."

뚜껑을 열 때마다 상자가 내게 말을 걸어왔다. 추억을 간직하고 지켜온 상자들을 정리하고 있자니 어린 시절의 나와 재회하는 것 같은 기분이 들었다. 정리란 잠시 떠나는 시간 여행이다.

그렇다고 추억에 사로잡혀 있어서는 안 된다. 어쨌든 버려야 한다. 이건 낡았어, 이건 이제 못써, 이건 더러워, 애초에 다 필요 없어!

나는 정리하는 데 몰입해 계속해서 상자를 버렸다.

그러다 상자 더미 속에 숨어 있던, 코발트블루 줄무늬가 들어간 상자를 집어 들었다. 노란색 테두리가 둘러쳐진 뚜껑을 힘껏 열자 거기에는 백모 액자에 담긴 작은 그림이 있었다. 그림에는 흰색 원피스를 입고 코발트블루 줄무늬의 작은 상자를 들고 서 있는 소녀가 있었다. 할아버지가 나를 바라보며 붓을 움직이던 모습이 머릿속에 되살아났다.

그림 속의 소녀는 어린 시절의 나였다. 집이라는 상자

안의, 방이라는 상자 안에서, 줄무늬 상자 안에 있는 그림 속의 내가 손에 들고 있는 줄무늬 상자. 내 모습이 겹겹이 머릿속에 비쳐 빙글빙글 돌아가고 있다. 무한 회랑을 헤매기라도 하는 듯 현기증이 났다. 딸깍하며 전구가 끊어지는 소리가 들리더니, 나는 정신을 잃었다.

"어이, 일어나! 언제까지 잘 셈이야? 일어나라고!"

건방진 소년 같은 목소리가 들려와 눈을 떴다. 주위를 둘러봤지만 인기척은 없었다. 시간이 얼마나 흐른 걸까? 창밖은 완전히 캄캄해져 있었고 달빛이 다락방을 아스라이 비추고 있었다.

"드디어 일어났군. 미코는 어릴 때부터 늘 이랬다니까. 한번 잠들면 좀처럼 일어나질 않아."

잘못 들은 건가 싶었지만 그 소리는 분명히 이 방에서 들려오고 있다. 나는 소리가 나는 곳을 가만히 바라보았다.

"여기야, 여기. 정리의 귀신!"

코발트블루 색 줄무늬가 들어간 작은 상자가 노란 테를 두른 뚜껑을 뻐끔뻐끔 들썩이면서 말을 하는 게 아닌가! 나는 눈을 동그랗게 뜨고 소리를 지르려고 했지만… 사람은 너무 놀라면 소리도 나오지 않는 모양이다. 나는 작은 상자와 똑같이 입만 뻐끔거리고 있었다.

"하지만 미코는 정말로 귀신처럼 되어버렸어."

작은 상자가 미간[줄무늬]을 찌푸렸다.

"물건을 눈엣가시처럼 여기고 미워하잖아."

"넌… 누구니?"

"너무하네. 그렇게나 같이 놀고도 잊은 거야? 나야 나, 보쿠스!"

나도 똑같이 이마를 찌푸리며 작은 상자를 뚫어져라 쳐다보았다. 자세히 들여다보니 어릴 때 무척이나 좋아하던 쿠키 상자였다. 나는 조심스레 수다스러운 상자와 이야기를 나누기 시작했다.

"내가 물건을 미워한다고?"

"뭐, 그렇지. 이것도 버려야 해 저것도 버려야 해, 하면서 매정하게 굴잖아. 그러다 결국은 이 방 전부 싫어! 하면서 다 미워죽겠다는 표정으로 물건을 정리했어. 어릴 때는 그렇게나 즐거워하면서 정리하더니."

"내가 그렇게 즐거워했구나….."

생각해보니 확실히 최근에는 정리가 즐겁지가 않았고 오히려 괴로웠다는 걸 깨달았다. 언제부턴가 물건들과 방을 눈엣가시처럼 여기고 버릴 물건만 찾아댔다.

"미코는 버릴 물건에만 온통 신경을 쓰는데, 진짜 중요한 건 버리는 게 아니라 설레는 물건을 찾아내는 일이잖아?"

"설레는 물건이라⋯."

나는 작은 상자에게 설득 당해 할 말을 잃었다. 정리하는 데 뭔가 잘못하고 있었다는 사실이 아플 만큼 뼈저리게 느껴졌다.

나는 지금까지 어떻게 해서든 물건 줄이기와 수납 방법에만 온 힘을 기울여왔다. 그렇게 해서는 아무리 시간이 지나도 깔끔하게 정리되지 않았고 마침내는 물건을 미워하기 시작했던 것이다. 정말로 중요한 것은 자신의 인생을 즐겁고 풍요롭게 해줄 '설레는 물건'을 찾아내는 감각이다.

"미코야, 밥 먹자!"

할머니가 나를 부르는 소리와 함께 계단 아래서 카레 냄새가 솔솔 올라왔다. 네에, 대답하고는 사다리로 다가갔다.

"어이, 미코. 내 얘기 듣고 있는 거야?"

보쿠스가 허둥지둥 쫓아왔다. 할머니가 수다쟁이 작은 상자를 봤다간 기절할지도 모른다. 나는 보쿠스를 옆구리에 껴안고 그 입뚜껑을 누르면서 사다리를 내려갔다.

식탁에는 흰색 앤티크 접시에 소복이 담긴 쌀밥과 정원에서 따온 가지와 토마토, 애호박 튀김이 곁들여져 있었다. 밥 위에는 할머니의 비장의 향신료가 어우러진 카레 소스가 끼얹어져 있었다.

"아, 배고파!"

빛깔 고운 카레 향기가 코를 찌르며 소리를 냈다.

"맛있게 먹으렴."

앤티크 접시는 온화한 노부인의 목소리로 내게 말을 걸었다.

"아주 맛있단다."

반짝반짝 잘 닦인 은색 스푼이 노신사의 목소리로 카레를 권했다.

나는 작은 상자뿐만 아니라 식기들의 목소리도 들을 수 있게 된 것이다. 곁에 있는 할머니에게는 그 소리가 들리지 않는 모양이었다. 그렇다면 작은 상자의 목소리도 나한테만 들리는 거겠지.

"잘 먹겠습니다!"

말하는 스푼을 조심스럽게 손에 쥐고 카레를 입안에 넣자 깊은 맛이 배어나는 여름 채소와 걸쭉한 카레 소스가 입안에서 뒤섞였다. 나도 모르게 맛있어, 하는 감탄이 흘러나왔다.

맛있다니 다행이야, 하고 할머니가 미소를 지었다.

"역시 미코가 찾아주었구나."

할머니는 의자에 놓인 '작은 상자를 든 소녀 그림'을 바라보며 중얼거렸다.

"할머니가 절 배려하시느라 제 방을 정리하지 않으신 것뿐이죠."

"그렇지 않아. 나도 다락방을 몇 번이나 치웠는데 어찌된 일인지 통 찾질 못했어. 그 상자도 진짜 오랜만에 보는 걸."

할머니는 내 무릎 위에 놓인 작은 상자를 바라보았다.

"그러셨어요?"

"응, 대체 어디에 숨어 있었을까?"

할머니는 모두 꿰뚫어 보듯이 웃었다. 보쿠스가 당황해서 허둥지둥 움직였다. 나는 조마조마해서 상자를 눌렀다.

"미코는 그림 속 나이 때부터 작은 상자를 사용해 정리하는 걸 무척 좋아했지."

할머니는 옛날을 회상하는 듯 작은 소리로 말했다.

"제가 그렇게 어릴 때부터 정리랑 상자를 좋아했군요?"

"말도 못했어."

"그런데요 할머니, 그렇게도 좋아하던 정리가 언제부턴가 괴로운 일이 되었다는 걸 오늘에서야 알았어요."

할머니는 아무 말 없이 나를 지그시 바라보았다. 역시 내 마음속을 훤히 들여다보고 계신 게 틀림없었다.

"하지만 그 작은 상자가 말이다, 다시 정리의 즐거움을 알려줄지도 몰라."

나는 보쿠스를 꽉 끌어안았다.

"뭐야, 왜 이래?"

보쿠스가 수줍어하며 달그락달그락 몸을 비틀었다.

"그 작은 상자는 왠지 미코의 단짝 같구나."

"단짝이요?"

"너희들은 언젠가 정리를 직업으로 할 것 같은 기분이 들어…."

'서쪽 마녀'는 나와 상자를 보며 이런 예언을 하더니 장난꾸러기 소녀처럼 후후 하고 웃었다.

몇 년 후, 할머니의 예언은 꼭 들어맞았다.

설마 '정리'가 직업이 되다니, 꿈에도 생각하지 못했다. 하지만 내 소문을 들은 친구가 집 정리를 부탁하고, 또 그 친구가 부탁하고, 이렇게 염주를 이어가듯이 정리 일을 잇달아 하다 보니 어느새 직업이 되었다.

다만, 그때부터 물건의 목소리가 들리고 일하러 갈 때면 늘 보쿠스가 따라오리라는 건 당시에는 전혀 상상하지 못했다.

"할머님이 단짝이라고 하셨으니 뭐 어쩌겠어!"

보쿠스는 한 번도 주눅 드는 적이 없다.

어쨌든 나는 수다스러운 물건들과 수다스러운 작은 상자와 함께 활기로 가득한 나날을 즐기고 있다.

할머니는 지금도 숲속 하얀 상자에서 혼자 살고 계신다.

하얀 상자 속에 있는 상자 같은 다락방에는 내 마음을 설레게 하는 상자들이 그대로 놓여 있다.

ROOM ⑥

시끄러운
쓰레기
더미
집

낡은 2층 주택의 지붕 아래, 현관을 보니 자전거 세 대가 포개져 쓰러져 있다. 전부 바퀴에 바람이 빠졌고 프레임도 녹슬었다. 나는 그 사이를 지나 문 앞에 서서 인터폰 초인종을 눌렀다.

"들어오시죠⋯."

우물거리는 남자의 목소리가 들려와 나는 문을 열었다. 현관을 들어서자마자 쓰레기장 같은 시큼한 냄새와 함께 고함이 몰려들었다.

"신어줘! 신어줘! 신어달라고!"

"이대로 팽개쳐둘 거면 차라리 버리라고!"

"일단 밖으로⋯ 밖으로 내보내 줘⋯!"

발밑을 쳐다보자 현관 바닥에는 깔리고 겹겹이 쌓인 신발, 신발, 신발투성이였다. 운동화, 샌들, 구두에 장화가 마치 지옥의 밑바닥에서 거미줄을 끌어당기는 망자처럼 절규하는 소리를 내고 있었다.

"목말라 죽겠어⋯."

"숨 막혀⋯.인제 그만 열어줘⋯."

"비⋯ 비는 아직이야⋯?"

현관 옆에 놓인 우산꽂이에 넘칠 듯 꽉 들어찬 우산들이 사막을 헤매는 방랑자처럼 갈증을 호소했다. 우산꽂이 둘레에는 미처 다 들어가지 못한 비닐우산과 어린이 우산이 마구 널브러져 있었다. 우산이 족히 오십 개도 넘어 보였다. 우산살이 모두 검붉게 녹슬어 있어 꽤 오랫동안 방치되었음을 알 수 있었다.

"읽어줘, 읽어줘, 제발 읽어줘…."

현관 앞에는 신문지와 다 읽은 잡지들이 쌓여 고통에 시달리고 있었고, 그 앞 통로에는 빛바랜 여행 가방과 찢어진 골판지 상자, 잡다한 물건들이 처박혀 있는 의류 상자가 나뒹굴고 있었다. 틈새를 메꾸듯 정체를 알 수 없는 물체로 빵빵하게 부풀어 오른 비닐봉지와 종이봉투, 사은품으로 받았을 캐릭터 쿠션과 비닐 가방, 지역 특산품인 목각 곰과 키홀더, 여자아이 모양을 한 고케시* 인형과 스노 글로브가 제각기 신음하고 있었다.

"쓰레기장… 아니 귀신의 집이 따로 없군."

보쿠스가 잔뜩 겁에 질려 뚜껑 안에서 바깥을 빼꼼 내다보며 탄식했다.

"너무 그러지 마. 우리 고객인데."

---

* 일본 동북지방의 전통 목각 인형으로, 구형의 머리와 원주의 몸통뿐인 단순한 형태이다.

나는 보쿠스의 입뚜껑을 누르며 주위를 둘러보았다.

"이렇게 될 때까지 힘들었을 거야…."

나 역시 상상을 초월하는 상황에 당황했다. 정리를 의뢰하는 사람들 가운데 대다수는 스스로 정리할 수 없는 상태이다. 그래서 지저분한 집이 나름 익숙하다고 자신했는데 그래도 이렇게까지 물건이 많은 집은 처음이었다.

문을 연 것까지는 좋았는데 현관 앞에서 통로까지 사람 한 명, 상자 한 개가 지나갈 수 없을 정도로 물건이 넘쳐흐르고 있었다. 내가 어쩌지도 못한 채 서 있었더니 안에서 아까 그 남자의 목소리가 들려왔다.

"신발 신은 채로 괜찮으니까… 안으로…."

나는 보쿠스와 시선을 마주쳤다. 순간 넘쳐나는 물건 더미 속에서 검은 고양이와 흰 고양이가 나타나 길을 안내해주듯이 통로 안쪽으로 걸어갔다. 두 고양이는 털 색깔은 대조적이었지만 실루엣과 걸음걸이가 거의 비슷해 마치 쌍둥이 같았다.

나는 "미안해요" 하고 작은 목소리로 사과하며 신발 산을 오르고 신문지 숲을 헤치며 검은 고양이와 흰 고양이를 따라갔다.

안쪽 방으로 들어서자 그곳 역시 물건투성이였다. 창가로 침대 매트리스 여러 개가 세워져 바깥에서 들어오는 빛을 차단하고 있었다. 개미굴이 아닌 물건 굴속에는 냉장고와 식탁이 두 개씩, 전자레인지가 네 개 보였다. 놓여 있는 물건들로 보아 아무래도 이곳은 예전에 부엌과 식사 공간이었을 거라고 짐작했다.

"이쪽….."

물건 숲 안쪽에서 남성의 목소리가 들려왔다. 검은 고양이와 흰 고양이가 물건 사이사이를 누비고 앞장섰다. 나는 목소리 주인의 모습을 찾아 무수히 많은 물건을 헤치며 고양이를 뒤따랐다. 그 와중에도 "살려줘!" "여기서 꺼내줘!" 하고 물건들이 나를 향해 내지르는 비명이 들려왔다. 인간과 동물, 곰팡이, 먼지 냄새가 뒤엉켜 이 세상의 것이라고 도저히 생각할 수 없는 악취를 풍기고 있었다.

"이거야말로 밤에 온갖 요괴가 돌아다닌다는 백귀야행이군. 아이코 무서워라….."

보쿠스가 입에서 꺼낸 리본으로 코리본을 끼우는 구멍를 틀어막으며 꿍얼거렸다. 보쿠스의 말마따나 백귀야행에 비유

144

할 만했고, 그야말로 오랜 세월 물건에 들어가 있는 도깨비들의 합창이었다.

"맨날 거만하게 굴더니 이럴 때는 겁쟁이라니까."

나는 한숨을 내쉬고는 앞을 가로막아 서 있는 두 개의 찬장 사이로 몸을 숙여 안으로 들어갔다.

아마도 한때는 거실이었을 그곳에는 각기 다른 색 소파 세 개가 'ㄷ자 모양'으로 놓여 있고 가운데 소파에 노란색 트레이닝복을 입은 몸집 큰 남자가 앉아서 비디오 게임에 열중하고 있었다.

좌우의 소파에는 먼저 도착한 검은 고양이와 흰 고양이가 절 앞에 마주 놓인 한 쌍의 돌 조각상처럼 살포시 올라앉아 우리 쪽을 쳐다봤다. 자다 막 일어난 사람인 양 까치집 머리 그대로 게임 컨트롤러를 잡고 있는 이 남자는 꽤나 게임을 해댄 듯했고 줄줄이 내려오는 다채로운 퍼즐 조각들이 빠르게 제 자리를 찾아 맞춰지고 있었다.

게임을 화면에 내보내고 있는 텔레비전만이 검게 윤이 나는 최신 제품으로, 주위에 놓인 소파와 서랍장, 안 쓰는 구닥다리 텔레비전 등 생기를 잃은 물건들 사이에서 혼자만 이상하리만치 두드러져 보였다.

"기세미치야 씨… 맞으시죠?"

"그렇습니다… 잠시만요."

기세미치야 씨는 게임 화면에 시선을 고정한 채 컨트롤러의 버튼을 달그락달그락 엄청난 속도로 눌러대며 대답했다.

"놀아, 놀자고!"

"가끔은 내 전원도 켜달란 말이야!"

"안 돼! 다음은 내 차례야!"

기세미치야 씨의 발밑에 어지럽게 놓인 다양한 게임기들이 그를 둘러싸고 경쟁하듯 소리치고 있었다. 각각의 게임기를 텔레비전과 연결하고 있는 배선이 담쟁이덩굴 모양으로 정신없이 뒤엉켜 바닥을 기어다니며 기세미치야 씨를 이 방에 묶어둔 것 같았다.

"오늘 잘 부탁해요."

기세미치야 씨의 목소리가 들려 고개를 들었다. 그 순간에 텔레비전 화면 속에서 내려오던 퍼즐 조각들이 가로 한 줄로 나란히 서더니 한 번에 사라졌다. 검은 고양이와 흰 고양이가 그 솜씨를 칭찬하듯이 냐아옹 하고 울었다.

"놀라셨죠… 어질러져 있어서."

기세미치야 씨가 이제야 나를 보며 말했다.

"귀신의 집이라고 말해!"

이죽거리는 보쿠스의 입을 누르며 "네, 조금 놀랐어요" 하고 느낀 대로 솔직히 대답했다.

"하지만 저에게 의뢰하셨다는 건 집을 정리하고 싶으신 거죠?"

"글쎄요…. 옆집에서 민원이 들어와서 어떻게든 해야겠다 싶긴 한데…."

"어쩌다 이렇게까지…?"

"그러게요…. 정신을 차리고 보니 어느새 이렇게 되어 버려서."

기세미치야 씨는 힘없는 눈으로 내 쪽을 바라봤다. 당연히 그의 귀에는 물건들이 내지르는 비명이 전혀 들리지 않았으리라.

어떤 방에 누가 살든 방이 저 혼자 어질러지지는 않는다. 사는 사람 본인이 어지르는 것이다.

그리고 방을 어지럽히는 사람들은 딱 세 가지 유형으로 나뉜다. 물건을 버리지 못하는 유형, 제자리에 되돌려놓지 못하는 유형, 그리고 버리지도 제자리에 되돌려놓지도 못하는 유형이었다.

기세미치야 씨는 틀림없이 세 번째 유형이다. 게다가 상당히 심각한 상태였다.

대개는 "우선 꿈꾸는 이상적인 생활을 상상해봅시다" "만져보았을 때 설레는 물건은 남겨놓고 그렇지 않은 물건은 버리죠" "옷부터 정리해볼까요?" 하며 정리를 시작하는데, 이 정도로 물건이 많으면 어디서부터 손을 대야 할지 감이 잡히지 않을뿐더러 설레는 물건을 가려내기도 어렵다.

드물긴 하지만 이런 경우에 시도할 수 있는 방법은 단 한 가지다.

"일단 닥치는 대로 버리는 수밖에 없네, 미코."

내 마음을 대변이라도 하듯 보쿠스가 제안했다. 나는 어쩔 수 없다고 고개를 끄덕이면서 기세미치야 씨를 다시 쳐다보았다.

"버릴 물건이 꽤 많아 보이는데요."

기세미치야 씨는 내 말에 수긍이 가지 않는지 커다란 몸집에 파묻힌 고개를 갸웃거리며 검은 고양이에게 말을 건네듯 입을 열었다.

"그런가? 다른 사람이 보기엔 쓰레기라도 내게는 하나하나 다 의미가 있다고. 필요없는 물건을 다 버린다거나 최소한의 물건으로 살아간다거나 그런 건 종교 냄새가 나서 싫은데."

물건을 버리지 못하는 의뢰인들에게 자주 듣는 말이다. 정리를 의뢰해 놓고는 줄곧 "겉으로 보기엔 쓰레기장이라도 안에 든 건 보물이에요"라고 말하는 사람도 있다.

"중요한 것은 물건이 많은가 적은가가 아닙니다. 기세미치야 씨 자신이 이 집의 어디에 무엇이 있는지를 파악하고 있는 거예요."

"그런 거라면 뭐, 대충은."

"그럼 그중에서 설렘을 느끼는 물건은 어떤 거죠?"

"설렘이라… 생각해본 적도 없죠, 아마."

기세미치야 씨는 검은 고양이에서 흰 고양이로 시선을 옮기며 중얼거렸다.

물건을 버리지 못하는 의뢰인들에게 이렇게 질문하면 대부분이 설레는 느낌을 마주하지 못한 채 살아왔음을 알 수 있다. 자신이 필요로 하는 물건이나 원하는 물건이 보이지 않으면 점점 물건을 늘리게 되어 필요 없는 물건들에 파묻히고 만다.

자신의 물건 하나하나에 감사할 수 있을 때 비로소 그곳을 '자신의 방'이라고 할 수 있다. 이 집의 물건들도 충분히 사랑받았더라면 이렇게까지 괴물이 되지는 않았을 것이다.

"설레지 않는 물건을 전부 버린다고 해도 전혀 곤란하거나 불편하지 않을 거예요. 저는 지금껏, 물건을 버리고 나서 곤란해졌다는 클레임을 단 한 번도 받은 적이 없거든요."

나는 그가 결단을 내리는 데 도움을 주려고 일부러 더 대담하게 말했다.

"전혀 곤란하지 않을 거라니… 당신은 극단적으로 말하는군요."

내 자신감에 놀랐는지 기세미치야 씨가 씁쓸한 웃음을 지었다.

"정말 미코는 극단적이라니까…. 대체 어디서 저런 자신감이… 앗?"

검은 고양이와 흰 고양이가 보쿠스를 물끄러미 쳐다보고 있었다. 그들에게는 보쿠스의 목소리가 들리는 걸까? 나는 황급히 보쿠스의 입을 틀어막고 말을 계속했다.

"물건이 없어도 어떻게든 된다는 감각을 이해하면 하루하루가 훨씬 편해진답니다. 물건을 찾을 게 아니라 앞으로 어떻게 행동하면 좋을까? 하고 바로 사고가 전환되거든요."

"'행동'할 수 있었다면 이 지경이 되진 않았겠지요."

기세미치야 씨가 낯빛을 붉히며 일어섰다. 보름달 같은 몸집에 부딪혀 물건들이 이리저리 튀며 떨어졌다. 주인의 위험을 감지한 걸까, 고양이 두 마리가 하악질을 했다.

그러자 여기저기서 원군처럼 고양이들이 모여들었다. 대체 어디에 숨어 있던 걸까. 순식간에 소파 주위가 열두 마리의 고양이들로 에워싸였다.

고양이들은 주인을 지키려고 날카로운 소리를 내며 나를 향해 원망하듯이 울었다. 그리고는 보쿠스의 정체를 눈치챈 건지 빠드득빠드득 뚜껑을 할퀴기 시작했다.

"그만해…. 물건들은 떠들어대지 고양이는 울어대지. 아, 정말 머리가 돌아버릴 것 같아."

보쿠스는 물건 틈을 뚫고 고양이들로부터 도망쳤다. 그때 기세미치야 씨가 그만해! 하고 이르며 검은 고양이와 흰 고양이를 양팔로 끌어안자 고양이들의 합창이 뚝 그쳤다.

"놀라게 해서 미안해요. 미코 씨가 몰아붙여서 당황해하는 날 지키려고 그러는 거요."

고양이 열두 마리의 눈 스물네 개가 나를 물끄러미 응시했다. 그 눈은 '이제부터 네가 아군인지 적군인지 지켜보겠다' 하고 말하는 듯했다. 기세미치야 씨는 그들을 사랑스러운 눈길로 바라보며 한 마리씩 소개하기 시작했다.

"이 검은 고양이가 무쓰키고, 흰 고양이는 기사라기, 저기 삼색 고양이는 야요이, 그 옆에 줄무늬는 우즈키. 또 저쪽에 꼬리 짧은 애가 사쓰키, 털이 북슬북슬한 애가 미나즈키, 그리고 저쪽에서 놀고 있는 검은색, 흰색, 회색 털이 섞인 삼형제가 왼쪽부터 후미즈키, 하즈키, 나가쓰키. 어? 하즈키, 나가쓰키, 후미즈키였던가? 음… 아무튼 걔들이 삼형제고 저기 귀가 동그란 애가 간나즈키, 회색 미묘가 시모쓰키, 그쪽에 있는 아기고양이가 얼마 전에 온 시와스요."

고양이들의 이름을 열두 달의 별칭을 따서 붙인 것을 보고 나도 모르게 슬며시 웃음이 나왔다.

"고양이한테 1월부터 12월까지 달 순서대로 이름을 붙이셨네요."

"그렇게 되었네요. 물건은 제멋대로 어질러 놓았는데 고양이 이름은 가지런하군요."

기세미치야 씨는 둥그런 얼굴을 더욱 둥글게 만들며 웃었다.

"저도 설마 고양이를 이렇게 많이 주워오게 될 줄은 몰랐어요. 가족과 헤어지고 나니 혼자 외로워서요. 이미 열두 달 다 찼으니까 더 주우면 곤란한데."

"쓰이타치, 후쓰카, 밋카, 이번에는 1일, 2일, 3일, 이렇게 날짜 순서대로 붙이면 서른 마리나 서른한 마리까지는 괜찮겠네. 그보다 어서 빨리 정리하자고."

보쿠스가 달라붙으며 장난치려는 고양이 삼형제에게서 필사적으로 도망쳤다. 그때 마치 보쿠스의 목소리가 들리기라도 한 듯 기세미치야 씨가 천천히 주위를 둘러보더니 입을 열었다.

"해… 볼게요."

"정말로요?"

"하지만 두려워요."

"두렵다고요?"

"버리면 안 되는 물건까지 버리게 될까 봐 두렵군요."

버리는 게 두렵다. 이 또한 방이나 책상을 물건으로 가득 어질러놓은 사람들에게 자주 듣는 말이다. 물건이 너무 많아서 소중한 물건과 그렇지 않은 물건을 스스로는 구별할 수 없게 된 것이다. 나는 어떻게 하면 기세미치야 씨가 물건을 버릴 수 있을지를 생각했다.

문득 한 가지 묘안이 떠올라 "살살 다뤄달라니까" 하고 떠들어대는 보쿠스의 입을 억지로 벌리고 그 안에서 흰색 폴라로이드 카메라를 꺼냈다.

"카메라?"

기세미치야 씨가 의아한 듯 하얀 카메라를 쳐다보았다.

"버려도 괜찮을까 하고 망설여지면, 그 물건을 찍어두는 거예요."

"사진으로…."

"물건을 사진에 담고 나면 신기하게도 버릴 수 있게 되거든요. 물건에 깃든 추억이나 감정이 사진으로 옮겨지기 때문일지도 몰라요. 해보실래요?"

기세미치야 씨는 내게서 카메라를 받아들고 물건의 숲 사이를 걸어가 더 이상 쓰이지 않는 구식 텔레비전을 만져보며 잠시 생각에 잠기더니 셔터를 눌렀다.

뒤엉켜 있는 수수께끼의 코드들, 먹다 남은 약, 다 쓴 건지 아닌지도 모르는 건전지, 낡은 부적, 옷의 여분 단추, 전자 제품 설명서, 오래된 휴대전화, 고무줄로 묶어놓은 연하장과 명함, 사재기해 둔 마스크와 소독약이 물건 더미 속에서 끝없이 나타났다.

"수수께끼 코드류는 영원히 풀 수 없을 테니 버리자고요. 여분의 단추를 쓸 일은 없어요. 단추가 떨어질 만큼 자주 입은 옷이라면, 단추가 떨어진 시점에 수명을 다하는 경우가 대부분이죠. 전자 제품 설명서는 당장 버리세요. 인터넷으로 검색하면 다 알 수 있는 내용이 쓰여 있으니까요. 연하장이나 명함 같은 종이류도 어지간히 중요한 게 아닌 이상 전부 버리는 게 기본입니다. 잡화나 서류는 왠지 그냥 한쪽에 두다 보니 자꾸 쌓여 가는 거예요. 아무 생각 없이 갖고 있는 물건들 중에서 설레는 물건만 골라보세요."

나는 기세미치야 씨가 용기를 낼 수 있도록 여러 가지 조언을 쭈욱 늘어놓았다.

◇◇◇◇

기세미치야 씨는 몇 주에 걸쳐 연달아 카메라 셔터를 누르며, 다른 사람이 되기라도 한 듯 잇달아 물건을 버렸다. 부상신*처럼 되었던 물건들도 드디어 이 순간이 왔구나 하며 안도하는 듯 한숨을 내쉬었다.

고양이들은 물건의 숲을 앞장서 걸어다니며 기세미치야 씨가 물건을 버릴 때마다 야옹– 하고 축복하는 듯 울

---

* 오래된 물건에 영혼이나 신이 깃들어 탄생하는 일본의 요괴 또는 신령. 한국의 도깨비와 비슷하다.

었다. 기세미치야 씨보다도 고양이들이 설레는 물건과 그렇지 않은 물건을 더 잘 알고 있는 것 같았다. 고양이들의 응원에 힘입어 마침내 거실, 다이닝룸, 주방에 쌓여 있던 물건들을 대부분 버리는 데 성공했다.

"남겨둘 물건을 골랐으면 이제 새로 놓을 위치를 결정해 카테고리별로 수납하면 됩니다. 문구류, 코드류, 약품류, 공구류, 성질이나 형태가 비슷한 것들은 이른바 '친한 애들'이니까 가까운 곳에 넣어두세요. 코드류 옆에는 컴퓨터 용품이나 디지털카메라 같이 전기에 관련된 물건을 두고요, 이런 식으로 연상 게임을 반복하다 보면 비슷한 성질의 물건끼리 모아서 순식간에 정리할 수 있어요. 그리고 동전이 많이 나올 텐데요, 전부 지갑에 넣고 저금통에 모인 동전은 나중에 은행에 가서 바꾸세요."

기세미치야 씨는 통로에 있는 신문지와 상자, 현관에 있는 우산과 신발도 거의 다 버렸다. 책이 복잡한 퍼즐 게임처럼 쌓여 있는 계단을 (계단에서 놀고 있는 아기 고양이 시와스의 방해를 물리치고) 정리하면서 2층으로 올라가 침실로 들어갔다.

그러자 침대 주위에서 말다툼 소리가 들려왔다.

"더워~ 더워~ 더워~."

"추워! 추워! 추워!"

시선을 모아보니 무척이나 많은 침구와 가구에 파묻혀 선풍기와 석유난로가 싸우고 있었다.

"메리 크리스마스!"

"새해 복 많이 받으세요!"

"사탕 안 주면 장난칠 거예요!"

옷장을 열자 쏟아져 내리는 옷들에 뒤섞여 철 지난 크리스마스트리와 설맞이 장식, 핼러윈 호박 굿즈가 경쟁하듯 말을 걸었다.

"계절까지도 카오스네…."

어이없어 헛웃음을 짓는 보쿠스 옆에서 나는 기세미치야 씨에게 조언을 계속 이어갔다.

"정리를 하면서 남길 물건을 엄선하다 보면 어느 순간에 자기 물건의 적정량을 알게 됩니다. 그러고 나서 골라 놓은 물건들을 어디에 수납할지 장소를 확실히 정하면 다시 어질러지는 걸 피할 수 있어요. 어질러지는 원인은 물건을 사용한 뒤에 원래 위치로 갖다 놓지 않기 때문이니까요."

기세미치야 씨는 이곳에서도 사진을 찍으며 떠들어대는 물건들을 버리기로 했다.

물건이 줄어들 때마다 방 안에 햇살이 비치고 바람이 통하게 되었다. 열두 마리 고양이들은 바람이 통하는 길목에서 햇볕을 쬐며 기분 좋은 듯 골골송을 불렀다.

◇◇◇

마지막으로 정리에 착수한 곳은 2층 안쪽에 있는 아이 방이었다.

작은 침대와 책상이 나란히 놓여 있었고 책장에 그림책과 만화책이 아무렇게나 꽂혀 있었다.

벽에는 아이가 그린 그림과 신년 휘호가 빽빽하게 붙어 있었다. 그 어느 것도 소리를 내지 않아 고요했다.

이럴 때는 섣불리 말하면 안 된다.

내가 서서 가만히 방을 둘러보고 있자, 뒤에서 기세미치야 씨의 목소리가 들려왔다.

"10년 전에… 이혼했어요. 아내가 초등학생 아들을 데리고 집을 나갔지요."

그는 방으로 들어와 자그마한 어린이용 텐트를 열어젖혀보았다. 안에는 로봇 장난감과 공룡 인형이 잔뜩 들어 있었다.

바닥에 놓인 자동차와 기차 장난감은 두텁게 먼지를 뒤집어쓰고 있어 전부 돌로 변한 것처럼 보였다.

검은 고양이와 흰 고양이가 스르르 방으로 들어와 잿빛 바닥에 발자국을 남겼다.

"저는 게임 회사에 다녔는데 항상 일밖에 몰랐습니다. 매일 밤늦게까지 쉬지도 않고 일만 했지요. 집에 돌아와도 아내나 아들과 제대로 대화하지 않았고요. 아내와 아들이 무슨 말을 해도 늘 '나 지금 바빠'라고만 대꾸했지요. '바빠'라는 말은 참 무서운 말이더군요. 가족도, 제 자신도 입을 다물게 했고 중요한 것을 보지 않아도 된다고 생각하게 만들었어요."

기세미치야 씨는 혼잣말처럼 중얼거리고는 쭈그리고 앉아 책상 발치에 놓여 있던 상자를 열었다.

'아빠 고마워요'라고 적힌 아빠 얼굴 그림, 색종이를 잘라 만든 안마권, 운동회에서 딴 메달, 가정 통신문, 입학식에서 가족 셋이 나란히 찍은 사진.

"이때는 참 화목했는데 어쩌다 이렇게 되었을까요. 바빠, 바빠, 바빠. 가족을 위해 열심히 일해야 한다고 안간힘을 다하고 있을 뿐이었는데, 아내가 아들을 데리고 나가버렸어요. 붙잡았지만, 이미 늦었다고 아내가 그러더군요."

기세미치야 씨는 일어서서 고양이들 쪽으로 다가갔다. 고양이들의 시선 끝에는 하얗게 칠해진 옷장이 있었다. 그는 지그시 옷장 문을 바라보았다.

"혼자가 되니까 툭 하고 뭔가가 끊어지더군요. 그러고 2년 후에는 직장을 그만두고 틀어박혀서 지금까지 어찌어찌 재택으로 가능한 일을 하면서 살아왔어요. 외로워서 가족들의 물건을 하나도 버리지 못한 데다가 온라인으로 물건을 자꾸 사들였더니 어느샌가 이 모양이 되어버렸어요."

인테리어라는 말에는 방을 꾸민다는 의미뿐만 아니라 사람의 정신이라는 의미도 포함돼 있다. 방의 모습은 그곳에 사는 사람의 내면 그 자체이다.

거기에 물건이 있다는 것. 그것은 누구도 아닌 바로 과거의 나 자신이 선택한 결과다. 물건을 못 본 척하는 건 자신의 삶을 외면하는 것이나 다름없다. 물건을 하나씩 상대하면서 떠오르는 기억과 감정을 마주함으로써 물건의 주인은 비로소 자신을 이해하기 시작한다.

지난 몇 주 동안, 기세미치야 씨는 스스로의 '인테리어'를 계속 마주해왔고, 마침내 마지막 문에 도달했다.

저 하얀 문 너머에 과연 무엇이 있을까. 보쿠스와 나는 숨을 들이쉬고 흰 문을 바라보았다.

기세미치야 씨 역시 숨을 크게 들이쉬고는 여닫이문을 잡고 양옆으로 열었다.

삐걱거리며 문이 열리자 그 안에는 수없이 많은 시계가 들어 있었다. 벽걸이시계, 알람시계, 손목시계부터 뻐꾸기시계, 회중시계 등 희귀한 시계까지 뒤죽박죽 쌓여 있었다. 하지만 거기에서는 아무 소리도 들려오지 않았다.

"계속 멈춰 있었구나…."

물방울이 똑 떨어지는 것처럼 기세미치야 씨가 말했다. 가득 쌓인 시계는 어느 것도 가지 않았다. 마치 시간을 멈추어 그곳에 가둬두고 있는 것만 같았다.

"사람이 물건을 버리지 못하는 이유는 두 가지예요."

나는 시계들과 똑같이 움직이지 않고 서 있는 기세미치야 씨에게 말했다.

"과거에 대한 집착이거나 미래에 대한 불안이요. 그럴 때 물건에 대해 우리가 선택할 수 있는 길은 세 가지가 있습니다. 지금 마주할 것인지, 언젠가 마주할 것인지, 아니면 죽을 때까지 못 본 척할 것인지 이렇게요. 저는 지금 마주해서 과거에서 미래로 나아가는 선택지를 권하고 싶

어요. 공간은 과거의 자신이 아니라 미래의 자신을 위해 사용해야 한다고 생각하거든요.”

기세미치야 씨는 떨리는 손을 뻗어 시계를 하나씩 만져보았다. 가둬두었던 가족과의 시간이 떠올랐다.

“이제 알겠어요…. 나는 줄곧 두려웠던 거예요. 집에 있는 물건을 버리면 추억도 전부 잃어버리는 게 아닐까 하고. 아내와의 기억도, 아들과의 추억도, 나 자신의 과거도 전부 잊게 되는 건 아닐까 하고 말이죠.”

그는 시계 더미 속에서 고양이 캐릭터가 그려진 어린이용 알람시계를 집어 들었다. 검은 고양이와 흰 고양이가 시계를 보고 반가운 듯 야옹야옹 하고 울었다.

그러자 시계의 초침이 움직이더니 째깍째깍하고 소리를 냈다. 모든 시간이 멈춘 듯한 세계에서 고양이 시계만이 돌아가기 시작했다.

“정말 영혼이 있는 것 같군…. 부상신인가?”

보쿠스가 나를 보며 웃었다. 정리를 하다 보면 이런 신기한 일들과 마주치곤 한다. 별로 드문 일도 아니다.

그때 기세미치야 씨의 주머니에서 휴대폰이 울렸다. 화면에 표시된 상대의 이름을 보고 그는 놀란 표정을 지었다.

"왜 그러세요?"

내가 묻자 기세미치야 씨가 작은 소리로 대답했다.

"아들이에요… 갑자기 왜."

휴대폰을 든 채 굳어버린 그를 보며 나와 보쿠스는 눈을 마주쳤다. 신기한 일은 왠지 연쇄적으로 일어난다.

"얼른 받아보세요."

"그렇지만 대체 무슨 말을 해야 할지."

"괜찮아요. 기세미치야 씨는 정리를 하면서 할 말을 잔뜩 찾았을 테니까요. 로봇 장난감, 공룡 인형, 아빠 그림, 안마권, 운동회에서 딴 메달에 고양이 알람시계까지. 전부 아드님과의 추억 그 자체인걸요."

"확실히 그렇네요."

기세미치야 씨는 마음을 굳히고 떨리는 손가락으로 화면을 눌러 조심스럽게 전화를 받았다.

"겐타… 잘 지내지? 그럼 아빠도 잘 지내지. 그렇구나…. 오랜만에 얼굴 보자. 그래. 이번 주 일요일에 기다리고 있을게. 마침 집 안도 정리했으니까. 아 맞다, 네 시계 찾았어. 생일 선물로 사준 고양이 알람시계 말이야. 그럼 움직이지. 아주 잘 가던걸."

기세미치야 씨는 떠듬떠듬 아들과 대화를 이어갔다.

열두 마리 고양이가 응원하듯이 그 모습을 바라보고 있었다.

ROOM ⑦   추억을 이야기하는

앨범

역에서 언덕을 올라간 지 15분. 언덕 위에 군청색 지붕의 집이 보였다.

내가 이 집에 다니기 시작한 지 벌써 이레다. 집주인 아오야마 지요 씨는 이제 곧 여든네 살이 된다고 한다.

"천천히 인생의 마지막 정리를 하고 싶어요."

지요 씨는 그렇게 말하며 내게 집 정리를 의뢰했다.

"날마다 등산이라니. 이제 지쳤다고."

내 옆구리에서 보쿠스가 투덜거렸다.

"뭐야, 넌 걷지도 않으면서."

"그렇긴 하지만… 그래도 왠지 피곤하단 말이야."

"무슨 말이 그래? 어쨌든 오늘로 끝이니까!"

"이 경치와도 이별이라고 생각하니까 왠지 쓸쓸하네."

"대체 어느 쪽인 거야?"

내가 어이없어하자 보쿠스가 등 뒤로 눈길을 돌렸다. 보쿠스의 시선을 쫓아가자 그곳에는 지붕과 똑같은 군청색 바다가 여름 햇살에 반짝반짝 빛나고 있었다.

◇◇◇◇

"미코 씨, 어서 와요. 마지막 정리 잘 부탁해요."

로얄 블루 원피스를 차려입은 지요 씨가 현관에서 나를 맞아주었다. 그 원피스는 첫날 옷 정리를 할 때 옷장 깊숙이서 찾아낸 바로 그 옷이다.

그날 "너무 애지중지하느라 입어 보지도 못했어요" 하고 말하는 지요 씨에게 나는 "설레는 옷은 언제 어디서든 입으세요. 집에서도요" 하고 권했었다.

"원피스가 굉장히 잘 어울려요."

"고마워요. 너무 설레는 거 있죠!"

내가 웃으며 칭찬하자 지요 씨는 환한 미소로 대답했다. 그러고 나서 깨끗이 정리된 거실을 지나 1층 안쪽에 있는 방으로 나를 안내했다. 지요 씨의 키는 몸집이 작은 나보다 더 작아서, 로얄 블루 원피스를 입고 있으니 마치 자그마한 요정 같았다.

우리가 도착한 곳은 창고 대신으로 쓰고 있는 작은 방이었다. 예전에는 아이 방으로 남매가 사용했다고 한다. 벽에 설치된 책장에는 사진 앨범이 빽빽이 꽂혀 있었는데 백 권도 넘어 보였다.

사전처럼 두터운 것, 사진관에서 받은 얇은 종이로 된 것, 화집처럼 길이가 긴 것 등 다양한 종류의 앨범이 뒤섞여 있었다. 어린이용 이층 침대 위에는 비닐봉지에 담은 채로 둔 사진과 요쿠모쿠 쿠키나 풍월당의 고프르* 과자 통에 담긴 사진이 늘어져 있었다. 바닥에는 사진을 아무렇게나 넣어 놓은 골판지 상자가 쌓여 있고 앨범에 정리하지 못한 많은 사진이 이리저리 어질러져 있었다.

이곳이 마지막 방, 이제 마지막 정리다.

나는 빨간 스카프를 고쳐 매며 정리를 시작할 준비를 마쳤다.

의류, 책, 서류, 소품들, 추억의 물건, 이렇게 올바른 정리 순서를 거쳐왔고 마지막 단계가 사진 정리다. 이 순서는 반드시 지켜야 한다.

"처음에는 놀랐어요. 사진을 정리하고 싶어서 의뢰한 건데, 아직 사진을 정리할 단계가 아니라고 거절하셔서."

"오래 기다리셨어요."

"어째서 사진이 마지막인가요?"

지요 씨가 온통 사진으로 가득 차 있는 방 안을 둘러보았다.

"정리 순서에는 다 의미가 있답니다. 우선 옷 같이 버리기 쉬운 물건부터 시작해서 정리의 리듬에 맞춰 차차

---

* 벌집 모양으로 얇게 구운 과자로 프랑스에서는 와플을 가리키기도 함.

추억이 깃들어 있는 물건으로 해나가는 거예요."

나는 침대 위에 어질러져 있는 사진을 가지런히 모으면서 대답했다.

"그렇군요, 그래서 추억의 물건이 나중이군요."

"네, 그중에서도 사진은 가장 난도가 높아요. 주인의 기억과 강하게 이어져 있는 '추억 그 자체'라서 버리기가 어려운 거죠. 만져봐도 설레는지 아닌지 판단이 잘 서지 않는 단계에서 사진을 정리하려고 하면 중간에 정리 작업이 중단되어서 수습할 수가 없게 되거든요."

"저는… 할 수 있을까요?"

지요 씨가 불안한 듯이 사진이 어마어마하게 들어 있는 골판지 상자를 쳐다보았다.

"문제없어요. 엿새에 걸쳐 여기까지 왔으니까, 사진도 설레느냐 아니냐로 정확하게 판단할 수 있을 거예요. 지금까지 해온 정리 비법을 집대성한다고 생각하시면 돼요."

나는 둥근 고프르 통을 집어 들면서 자신감을 불어넣어 주었다.

"그러면 좋겠지만…."

"그리고 사진 정리를 마지막으로 하는 이유가 하나 더 있어요. 정리를 하다 보면 여기저기에서 사진이 발견되지 않던가요?"

"맞아요. 책 사이나 책상 서랍 안, 심지어는 봉투 안에도 들어있더라고요."

"필름을 현상, 인화해서 종이봉투에 넣은 상태로 발견되기도 하죠. 정리하는 동안 정말 생각지도 못한 데서 사진이 툭툭 튀어나와요. 그래서 사진을 맨 마지막에 정리하는 게 좋답니다."

내 말이 끝나기를 기다렸다는 듯이 띵동! 하고 벨이 울렸다. 보쿠스가 으악! 하고 놀라며 혀^{리본}를 내뱉었다. 나는 당황해서 분홍색 리본을 얼른 상자에 담았다.

"아, 애들이 왔군요."

지요 씨가 웃음 띤 얼굴로 현관으로 향했다.

"애들?"

보쿠스가 미간^{스트라이프}을 찌푸려 주름이 생겼다. 보쿠스는 아이와 동물을 피하고 싶어한다. 그들에게 항상 제 정체를 들켜버리기 때문이다.

◇◇◇◇

방에 들어선 사람은 내 부모님과 같은 연배의 남성과

여성이었다. 하긴 지요 씨 자녀들이면 그 정도 나이겠지, 하고 보쿠스는 저 혼자 이해하더니 안도의 한숨을 내쉬었다.

"미코 씨, 소개할게요. 제 아들 슌스케랑 딸 이쿠미에요."

남매는 무뚝뚝하게 고개를 숙였다. 집에 낯선 손님이 와 있는 게 불편한 모양이다. 두 사람 다 키가 크고 어머니를 전혀 닮지 않았다. 만약 자식이라고 소개받지 않았다면 부모 자식이라고 알아차리지 못했을 것 같다.

슌스케 씨는 어머니가 입고 있는 로얄 블루 원피스에 시선을 멈추더니 놀란 듯 말을 꺼냈다.

"어머니, 왜 집에서 외출복을 입고 계세요? 집 정리할 때 그런 옷은 불편하지 않나?"

"정리할 때니까 입은 거란다. 미코 씨도 정리의 프로인데 예쁘고 하얀 원피스를 입고 있잖니? 버리는 물건들이 떠나는 걸 축하하는 '축제'라고 생각하고 제대로 갖춰 입은 거야. 그렇죠 미코 씨?"

나는 웃으며 고개를 끄덕였다. 지요 씨는 시선을 끌 만한 미인은 아니지만, 둥근 눈매에 성실하고 솔직한 인품이 드러났다. 남매는 어딘가 분위기가 어머니와는 달랐고, 나를 조심스러운 눈빛으로 바라보았다.

"오빠, 뭐 어때. 엄마가 입고 싶으면 입는 거지. 근데 '일단 버립시다' 같은 거 별로지 않아? 한창 유행이 일었을 때 나도 해본 적 있거든. 하지만 버리고 또 버려도 결국 원래 상태로 돌아오더라고. 게다가 미니멀리스트들 집은 죄다 비슷해서 느낌도 별로 안 좋던데."

"뭐야, 왜 저렇게 비꼬듯이 말하지? 듣기 거북하네."

보쿠스의 미간에 다시 주름이 잡혔다. 비꼬는 건 보쿠스도 만만치 않은걸, 나는 웃으며 남매에게 말을 걸었다.

"버리지 않고 갖고 있다고 해서 물건을 소중히 여기는 건 아니라고 생각해요. 오히려 마주하며 살고픈 물건들만 심사숙고해 남겨두면 물건과 자신의 관계에 더 생기가 돌아 기분이 좋거든요. 제가 권하는 정리는 버리는 게 다가 아니에요. 소중한 물건, 설레는 물건을 찾아내는 게 목적이지요. 어머님이 정리한 다른 방들을 꼭 한번 보세요. 전부 차분하고 애정이 넘치는 물건들만 있어서 어머님의 설레는 마음이 꽉 차 있는 방이라는 걸 아실 수 있을 거예요."

딱히 반박할 말을 찾지 못한 남매에게 지요 씨가 말했다.

"오늘 너희들에게 와달라고 한 건, 함께 사진 정리를 하고 싶어서야."

"사진 정리를 저희랑요? 지금까지 저분이랑 같이 했잖아요. 마지막까지 전문가에게 해달라고 하시면 될 텐데요."

슌스케 씨가 책장에 가득 찬 앨범을 보면서 의아한 표정을 지었다.

"사진은 지금 서둘러 정리하지 말고 노후의 즐거움으로 놔두면 좋지 않아?"

이쿠미 씨도 어질러져 있는 사진의 엄청난 양에 질겁한 표정으로 말을 더했다.

"그런 게 아니란다."

지요 씨가 쓸쓸해하며 고개를 숙였다.

"있잖아요!" 지요 씨의 모습을 보고 나는 목소리를 높였다. "사진 정리는 언젠가의 즐거움으로 남겨두겠다며 정리하지 않는 분들이 있는데요. '언젠가'는 절대 오지 않아요. 지금 정리해서 가슴 설레는 사진만 눈에 띄는 곳에 두고 생활해야 훨씬 더 만족스러운 나날을 보낼 수 있거든요."

"하지만 성급하게 정리하는 건 좀 그렇지 않아요? 추억이 담긴 사진을 버리는 건 추억 그 자체를 버리는 기분이 들 것 같은데."

엄청난 분량의 사진 정리 작업을 피하고 싶은 것이다. 이쿠미 씨는 어떻게든 어머니의 마음을 돌리려 했다.

"정리는 과거를 버리는 작업이 아니에요. 물건을 버린 다고 해서 지금까지 인생에서 겪은 경험이나 자신의 존재 가치가 사라지는 것도 아니고요. 우리가 살아가고 있는 건 지금이에요. 과거가 아무리 빛났더라도 지금 활용할 수 없다면 의미가 없다고…."

"아, 생각났다!" 이쿠미 씨에게 바통을 건네받은 것처럼 슌스케 씨가 내 말에 끼어들었다.

"사진을 전부 업자에게 보내 스캔해서 데이터로 만들어 달라고 하면 되지 않겠어요? 그런 서비스를 해주는 데가 있다고 들었는데."

"정리라는 건 추억을 앞으로의 인생에 살게 하려고 하는 거예요. 하나하나 물건과 정면으로 마주하면 물건은 우리에게 다양한 감정을 불러일으켜 주지요. 자신이 설레는 물건을 골라내는 작업을 통해서 비로소 무엇을 좋아하고 무엇을 원하고 있는지를 확실히 느낄 수 있어요."

나는 남매에게 힘껏 열변을 토했다. 지요 씨가 왜 자식들을 불렀는지 그 이유를 알기 때문이다.

그러자 줄곧 입을 다물고 있던 지요 씨가 남매를 지그

시 바라보며 중얼거렸다.

"나는 말이다…. 너희들과 함께 추억을 되새기며 정리하고 싶어. 그래도 안 되겠니?"

어머니의 간청에 슌스케 씨도 이쿠미 씨도 아무런 대답을 하지 못했다. 서로 눈을 마주치며 어쩔 수 없다는 듯이 고개를 끄덕였다.

"그럼 뭐부터 해야 하지?"

슌스케 씨가 앨범을 하나 손에 들더니 물었다.

"우선은 앨범과 깡통, 상자, 봉투에서 사진을 전부 꺼내주세요. 그리고 한 장씩 손에 들고 마주하는 거예요."

"이것 참 보통 일이 아니군…."

"그렇죠. 하지만 꼭 필요한 과정이에요. 막상 만져보면 자신도 놀랄 만큼, 설레는 것과 그렇지 않은 것으로 확실히 나뉘거든요."

◇◇◇◇

지요 씨와 슌스케 씨, 이쿠미 씨, 세 식구가 앨범에서 사진을 하나씩 꺼내기 시작했다. 지요 씨의 어린 시절, 학창 시절, 그리고 사회인이 되어 일하기 시작했을 무렵의 사진이 차례차례 나타났다.

지요 씨는 자신의 결혼식 사진을 소중한 듯이 집어 들었다. 거기에는 웨딩드레스를 입은 지요 씨와 훤칠한 키에 턱시도를 차려입은 남편의 모습이 찍혀 있었다. 슌스케 씨와 이쿠미 씨가 아버지를 닮았다는 걸 그때 알았다.

"아버지, 어머니. 지금까지 감사했어요."

부모님에게 꽃다발을 건네는 지요 씨의 목소리가 보쿠스와 내 귀에 들려왔다.

"나… 얼굴이 꼭 터질 것 같네."

지요 씨가 자조하자 이쿠미 씨가 옆에서 사진을 들여다보았다.

"그래? 굉장히 예뻐, 엄마."

"이쿠미는 날 닮지 않아서 다행이야."

"근데 아버지는 엄청 잘생기셨네~. 역시 난 아버지를 닮았군."

어느새 두 사람의 뒤에서 사진을 보고 있던 슌스케 씨가 웃었다. 어쩜 자기 입으로 그런 말을 하냐? 하고 이쿠미 씨가 어이없어했다.

"엄마, 이쿠미, 이런 사진을 찾았어."

슌스케 씨가 두 사람에게 손에 든 사진을 보여주었다.

"엄마아 아파아아!"

사진에서 남자아이의 울음소리가 들려왔다. 유치원 문 앞에서 네 식구가 나란히 서서 찍은 사진인데, 블레이저를 입은 그날의 주인공 슌스케 씨가 콧물을 흘리며 울고 있었다.

"이때 나 왜 울었지?"

"설마! 오빠, 기억 안 나?"

이쿠미 씨가 놀라며 물었다.

"어? 전혀 기억에 없는데. 뭐야? 뭔데?"

"슌스케가 유치원 입학식 끝나고 유치원 놀이터에 있는 정글짐에서 놀다가 꼭대기에서 떨어졌어. 다행히 다친 곳은 없었지만…."

지요 씨가 그때를 떠올리다가 급기야 웃음을 참지 못했다. 이쿠미 씨도 어깨를 들썩이며 웃었다.

"오빠 계속 울었잖아. 단체 사진 찍을 때도 가족사진 찍을 때도 계속 이 표정이었어. 내 생애 첫 기억은 이때 울고 있던 오빠의 모습일지도."

"아, 쪽팔려…."

슌스케 씨가 머리를 긁적이며 과자 통 안에 든 사진을 정리하기 시작하자 소년의 목소리가 들렸다.

"엄마, 잘 좀 받아!"

야구 글러브를 낀 어린 시절의 슌스케 씨가 이쪽을 노려보고 있다.

"나 왜 화났던 거야?"

슌스케 씨가 과거의 자신을 바라보며 어머니에게 물었다.

"같이 캐치볼을 하는데, 내가 너무 못해서 하나도 받지 못했거든."

지요 씨가 미안하다는 듯이 대답했다.

"너무해. 화내고 소리 지르고. 오빠 진짜 최악이다."

이쿠미 씨가 어머니 편을 들었다.

"아아, 생각났다. 나 버릇없이 굴었지. 엄마가 글러브까지 사서 열심히 연습하셨는데 말이야. 엄마의 관심을 더 끌고 싶었나 봐…. 진짜 죄송했어요."

"괜찮아, 그래도 연습해서 엄마 실력이 꽤 늘었었다고."

"응, 그건 기억나. 고마워요."

슌스케 씨가 고개를 숙이는데 이쿠미 씨가 또 한 장의 사진을 들어 보였다.

"엄마, 내가 손에 들고 있는 이 정체불명의 물체는 뭐야?"

"엄마! 나 케이크 만들어봤는데…."

사진 속에서 어린 이쿠미 씨의 떨리는 목소리가 들려온다.

"뭐야 이거? 지점토?"

슌스케 씨가 사진을 가만히 들여다보았다.

"그건, 이쿠미가 내 생일에 처음으로 만들어준 케이크!"

"아! 기억났다! 홀 케이크는 비싸서 못 샀지만 어떻게든 엄마한테 커다란 케이크를 선물하고 싶어서 직접 만들었었어. 완전 실패였지만….."

"잘 안 돼서 울었지, 이쿠미."

슌스케 씨가 놀리자 지요 씨는 감회에 젖은 듯 사진 속에 있는 어린 딸을 손가락으로 쓰다듬었다.

"그렇지만 정말 기뻤어….."

"결국 다 같이 역 앞 케이크 가게에 가서 조각 케이크 먹었잖아. 그때 먹은 쇼트케이크 맛, 아직도 기억 나. 역시 전문가는 대단하구나 싶었거든."

이쿠미 씨가 과거의 자신이 손에 들고 있는 '지점토'를 보고 뻘쭘하니 웃었다.

의뢰인의 사진을 정리하다 보면 이런 광경을 자주 보게 된다. 자신이 기억하지 못하는 일이라도 가족 가운데 누군가는 똑똑히 기억하고 있다. 그렇게 추억과 마음을 서로 채워주면서 가족은 서로를 지탱해주고 있는 것이다.

"이쿠미가 만든 케이크도 진짜 맛있었어."

지요 씨는 새록새록 추억을 떠올리며 말하더니 "다들 피곤하죠? 차를 내올 테니 조금 기다려주세요" 하고 방을 나갔다.

◇◇◇◇

"제가 도울게요."

내가 뒤따라 부엌으로 들어가자, 주전자에 물을 끓이던 지요 씨가 말했다.

"사진을 버리는 건 정말 어렵네요. 설레지는 않아도 역시 버릴 수 없는 사진이 많아요. 지난 엿새 동안 정리를 꾸준히 해왔기에 버리는 건 자신이 있었는데 말이죠."

잘 알아요, 하고 나는 머리를 끄덕여 보였다. 그러고는, 이거면 될까요? 지요 씨에게 확인하고서 선반에서 작은 접시와 찻잔을 꺼냈다.

"여기까지 왔으니까 자신의 느낌을 믿으세요. 설레지 않는다고 하신 말씀이 지요 씨의 진심이니까요. 비슷한 각도에서 찍은 사진이 여러 장 있으면 베스트 컷만 한 장

골라보세요."

"미코 씨의 말이 맞아요. 하지만 막상 집어 들면 좀처럼 결심이 서지 않아서요…."

지요 씨의 말을 가로막듯이 주전자에서 삐이 하는 소리가 났다. 지요 씨가 불을 끄고 찻잎을 넣은 사기 주전자에 뜨거운 물을 붓자 녹차의 산뜻한 향이 퍼져 마음을 편안하게 했다.

"그 마음 이해해요. 하지만 모든 사진이 계속 봐달라고 거기에 있는 건 아니에요. 사람의 인연도 마찬가지고요. 살면서 만난 모든 사람하고 친구나 연인이 되지는 않는 것처럼요."

"듣고 보니 그러네요…."

지요 씨가 조그맣게 중얼거리고는 테이블에 놓인 나무 상자에서 동그란 찹쌀떡을 꺼냈다.

"맛있겠다!"

찹쌀떡을 보더니 보쿠스가 흥분해서 바둥바둥하기 시작했다.

"저 저 식탐 좀 봐!"

나는 팥을 보고 정신을 못 차리는 작은 상자의 입^{뚜껑}을 누르며 말을 이어갔다.

"앞으로의 인생에서도 그 추억을 몇 번이고 돌아볼 것 같은지 아닌지, 하루하루를 긍정적으로 살아가는 데 활력이 될지 아닐지로 골라보도록 해요."

"이런 데에도 사진이 있었네요."

지요 씨는 냉장고 자석에 붙어 있는 가족사진을 발견하고는 물끄러미 바라봤다. 슌스케 씨와 이쿠미 씨가 태어난 날, 유치원 소풍날, 초등학교 입학식 날과 운동회 날의 사진이었다.

"어? 아버님은 어디 계시지?"

날뛰던 보쿠스가 알아차리고는 내게 귓속말을 해왔다. 아이들이 중학교에 입학하기 전쯤부터 사진에서 아버지의 모습이 보이지 않았다.

"아이들이 초등학교를 졸업하기 전에 남편이 병으로 세상을 떠났거든요…."

지요 씨가 속삭이는 듯한 목소리로 내게 털어놓았다. 그 뒤로 지요 씨는 보험설계사로 일하면서 혼자 남매를 키웠다고 한다.

"그러셨군요…."

"그 무렵 저는 항상 바쁘고 화가 났더랬어요. 아이들과 별로 놀아주지도 못했고요. 그래서 저 애들이 조금 삐딱

한 성격이 된 게 아닌가 싶어요."

"그럴 리가요…."

"미코 씨한테 이런 얘기까지 해서 미안해요. 슌스케와 이쿠미 좀 불러와 주실래요?"

나는 말없이 고개를 끄덕이고 사진이 있던 방으로 돌아갔다.

슌스케 씨와 이쿠미 씨는 어질러진 사진을 아련하게 바라보고 있었다.

"아버지가 돌아가시고 나서 엄마가 일하느라 바빠서 계속 우릴 방치했다고만 생각했는데."

"엄마가 이렇게나 많은 걸 해주셨었구나. 왜 잊고 있었을까."

내가 들어온 걸 알아차린 슌스케 씨가 말을 이었다.

"미코 씨, 어머니가 정리하시는 데 함께해 주셔서 고맙습니다. 오늘 사진을 보고 우리… 많이 사랑받고 자랐다는 걸 새삼 떠올릴 수 있었어요."

물건이나 추억을 잊어버리듯이, 부모 자식조차도 주고받았던 애정을 잊어버리는 경우가 있다. 정리는 그런 분실물을 생각하지 못한 형태로 되찾아준다.

"아까는 말을 심하게 해서 죄송해요. 이번에 우리 가족이 설레는 사진만으로 앨범을 만들어서 어머니에게 선물을 할까 해요."

이쿠미 씨의 말에 나도 모르게 미소를 지었다.

"어머님에게 둘도 없는 보물이 되겠네요."

목소리에도 신이 나 대답하자, 보쿠스가 옆구리에서 "알면 된 거야, 알면"하고 잘난 체하듯 고개를 끄덕거렸다.

그러고 나서 잠시 티타임이 열렸다. 지요 씨 가족과 나는 식탁에 둘러앉아 입안 가득 찹쌀떡을 베어 물고 녹차를 마셨다.

팥은 옛날에는 마귀를 쫓는 데 쓰였다고도 한다. 집 정리를 하다 보면 물건의 기운 때문에 몸이 무거워지는 느낌도 들기 때문에, 특히 팥으로 만든 간식은 감사하다.

팥을 좋아하는 작은 상자가 역시나 흥분하기에 테이블 밑에서 찹쌀떡을 반으로 나누었다. 보쿠스는 긴 혀^{리본}로 찹쌀떡 반쪽을 냉큼 받아들고 삼키듯이 먹어치우더니 "바로 이거야 이거"하며 아주 기분 좋아했다.

◇◇◇◇

마지막으로 골판지 상자 안에 있던 사진들을 정리하

기 시작했다. 슌스케 씨와 이쿠미 씨의 고등학교 입학식과 졸업식, 대학생이 된 남매, 사회에 나와 일하기 시작한 남매, 그리고 각자의 결혼식. 각각의 사진이 조금씩밖에 없어서 가족끼리 함께 사진을 찍을 기회가 매년 줄어든 것을 알 수 있었다.

하지만 어느 때를 기점으로 한동안 다시 사진이 늘었다. 이쿠미 씨의 딸 아야카가 태어난 것이다. 첫 손주가 굉장히 기뻤던지, 지요 씨는 산 지 얼마 안 된 디지털카메라를 손에 들고 아야카를 쫓아다니며 사진을 찍었다고 한다.

"이쿠미 봐봐. 똑같지 않니?"

지요 씨가 자신의 어린 시절 사진을, 같은 나이쯤 된 아야카의 사진 옆에 나란히 놓았다.

"진짜네! 완전 똑같아! 허리에 손 얹은 포즈까지 똑같잖아!"

이쿠미 씨가 웃음을 터뜨렸다.

"이것 좀 봐. 진짜 아야카랑 엄마랑 똑같이 생겼어. 게다가 종이접기 하면서 웃고 있는 모습도 똑같아. 역시 피는 못 속이겠네."

슌스케 씨도 놀란 듯이 외쳤다.

"그렇게 귀여운 아야카와 내가 닮았다니. 지금까지 내 얼굴이 마음에 안 들었었는데 드디어 좋아질지도 모르겠어."

지요 씨가 기쁜 듯이 웃었다.

정리란 자신을 알아가는 일이고 자신이 좋아하는 것을 찾아가는 작업이다. 요즘은 한 손에 스마트폰을 들고 SNS에 빠져서 타인에게 어떻게 보일까 하는 데만 신경 쓰는 사람들을 많이 볼 수 있다. 그런 이들에게 나는 방 정리를 권한다. 자신이 어떤 부분에 불필요한 콤플렉스를 갖고 있으며 어떤 개성을 소중히 여겨야 하는지를, 정리하는 과정에서 물건들이 알려준다.

"뭔가 개운해졌어요."

지요 씨가 손녀와 자신의 사진을 비교해보다가 내게 말했다.

"망설였던 사진은 전부 버리고 정말로 설레는 사진들만으로 앞으로 남은 시간을 살아가려고 해요. 슌스케와 이쿠미의 사진이, 아야카의 사진, 그리고…."

그렇게 말하며 지요 씨가 사진 한 장을 손에 쥐었다.

필름 카메라로 찍은, 빛바랜 옛날 사진이었다. 지은 지 얼마 되지 않은 군청색 지붕의 집 앞에서 젊은 시절의 지요 씨와 남편이 나란히 서 있었다. 안타깝게도 초점이 안

맞았고 화면도 약간 기울어졌다. 하지만 나란히 선 두 사람은 행복하게 웃고 있었고 거기에는 분명히 '사랑'이 찍혀 있었다.

"좋은 사진이네. 아빠도 엄마도 기뻐 보여."

이쿠미 씨가 지요 씨의 어깨를 감싸 안고 사진을 바라보았다.

"나는 말이지, 결혼했을 때는 아빠를 사랑하는지 아닌지 잘 몰랐단다. 중매결혼이기도 했고, 워낙 말수가 없는 사람이기도 해서. 하지만 오늘 사진을 보다가 알았단다. 같이 나이가 들어가고 함께 너희들을 키우면서 점점 이 사람을 좋아하게 되었구나 하고. 먼저 저세상으로 간 후로도 여전히 이 사람을 사랑하는구나 하고."

"엄마…."

말없이 어머니의 말에 귀를 기울이고 있던 이쿠미 씨의 눈에서 눈물이 흘렀다. 왠지 내 옆에서 보쿠스도 코를 훌쩍이고 있다. 슌스케 씨도 눈꼬리를 닦으며 입을 열었다.

"그래도 아버지답네. 소중한 사진인데 초점이 안 맞다니."

"난 그게 인생 같아서 좋아. 흔들려 초점이 안 맞기도 하고 기울어지기도 하고, 또는 너무 밝을 때도 너무 어두울 때도 있고. 디지털 사진처럼 지우거나 보정할 수도 없지. 하지만 보물 같은 순간이 있잖니."

지요 씨는 남편의 사진을 소중하다는 듯이 가슴에 끌어안았다.

"아버지 필름 카메라 아직 있나? 다 같이 사진 찍어요."

슌스케 씨가 제안했다.

"이럴 거 같아서 필름 사서 준비해뒀지."

지요 씨가 나에게 눈짓을 했다. 함께 정리한 지 사흘째에 남편의 서재에서 필름 카메라를 발견했을 때부터 지요 씨의 계획이 시작되었던 것이다.

현관 앞에 지요 씨와 슌스케 씨, 이쿠미 씨가 나란히 섰다. 예전에 지요 씨가 남편과 나란히 섰던 그 자리에 세 사람이 서자 나는 필름 카메라로 찍을 준비를 했다.

"흔들리면 어떡하지?"

내가 초조해하자 보쿠스가 옆에서 "책임이 막중하네, 미코" 하는 바람에 더 긴장했다.

"괜찮다니까요. 흔들려도, 기울어도."

지요 씨가 웃으며 말하자 맞아, 맞아! 하며 슌스케 씨와 이쿠미 씨도 웃어 보였다.

"분명 괜찮을 거야!"

필름 카메라에서 조용히 말을 거는 듯한 소리가 들렸다.

에이, 모르겠다. 잘 되겠지 뭐! 카메라의 소리가 응원해주는 것 같아 눈을 감고 찰칵 카메라 셔터를 눌렀다.

◇◇◇◇

반년 후, 지요 씨가 세상을 떠났다.

내게 정리를 의뢰할 때, 이미 그녀의 몸은 깊이 병들어 있었고, 자신의 생이 얼마 남지 않았다는 걸 안 지요 씨가 내게 '인생의 마지막 정리'를 부탁했던 것이다. 그리고 남은 시간을 설레는 물건과 사랑하는 가족과 함께 보내기로 마음먹었다.

장례식 영정 사진으로는 사진을 정리하던 날 아들딸과 셋이서 나란히 찍은 사진이 올려졌다. 걱정했던 대로 초점은 안 맞고 화면도 기울어져 있었다. 나는 사진 찍는 재능이 없어서 부끄러웠지만, 이쿠미 씨가 "너무 좋은 사진이야" 하며 칭찬해 주었다.

사진 속의 지요 씨는 선명한 로열 블루 원피스를 입고 아름답게 미소 짓고 있었다.

그다음 달, 나는 슌스케 씨와 이쿠미 씨에게 아침 식사를 대접받았다.

내가 일하러 가기 전에 꼭 만나고 싶다며 비가 내리는데도 근처 카페까지 와준 것이다.

"그날 사진을 정리하면서 엄마와 많은 이야기를 할 수 있어 너무 즐거웠어요. 그렇게 가족끼리 두런두런 얘기를 한 건 정말 오랜만이었거든요."

이쿠미 씨는 나에게 감사의 말을 한 후에 그렇게 고백했다.

확실히 그때 수다스러웠던 것은 사진이 아니라 추억을 이야기하는 세 식구였다. 사진들은 가족이 함께 이야기하기를 기다리고 있었을지도 모른다.

설레는 물건을 발견하면 추억이 떠올라 대화가 꽃핀다. 설레는 물건들에는 '물건'을 통해 '이야기'하게 만드는 힘이 있다. 그게 가족의 '이야기'가 된다.

"만약 마지막에 셋이서 같이 정리하지 않았다면, 우리는 엄마와 제대로 속마음을 털어놓지 못한 채 헤어졌을지도 몰라요. 미코 씨, 정말 고마워요."

슌스케 씨가 나에게 사진 한 장을 건넸다.

정리를 마치고 군청색 지붕의 집을 떠나는 나의 뒷모습이 찍혀 있었다. 바다가 바라다보이는 언덕길을 내려

가는 내 옆구리에는 보쿠스가 있었다.

"미코 씨가 작은 상자와 이야기하고 있는 것 같아 재미있다고 어머니가 몰래 셔터를 눌렀어요."

슌스케 씨가 설명해주며 웃었다.

항상 의뢰인의 사진을 많이 대하면서도, 나와 보쿠스가 함께 찍은 사진이 한 장도 없다는 걸 그제야 알았다.

"꽤 멋진 사진이군. 역시 초점은 안 맞지만."

보쿠스는 기쁜 듯하면서도 또 돌직구를 날렸다.

"그런 말 하는 거 아냐."

나는 보쿠스의 뚜껑을 손으로 누르며 카페를 나섰다. 비가 그친 하늘에 무지개가 걸려 있었다. 따스한 봄바람이 불어와 내 하얀 원피스 자락을 흔들었다.

"자, 보쿠스 가자! 오늘은 아주 중요한 일을 맡았거든!"

"나 참, 미코는 상자를 너무 거칠게 다룬다니까."

지금부터 2세대 주택을 정리할 일이 기다리고 있다. 상당히 대대적인 작업이 될 것 같다. 과연 또 어떤 '수다스러운 방'이 우리를 기다리고 있을까. 약간의 아쉬움과 넘치는 의욕이 뒤섞였다.

나는 빨간 스카프를 바짝 고쳐 매고, 보쿠스를 꽉 끌어안고서 달리기 시작했다.

에필로그

오랜만에 내 방을 치웠다.

어느새 설레지 않는 옷과 책에 둘러싸여 있다는 것을 깨달았기 때문이다.

정리 컨설턴트를 직업으로 하고 있어도 막상 나 자신이 설레는 물건을 잊을 때가 있다.

그래서 가끔 나를 위해 정리를 한다.

물건을 하나씩 만져가며 그 목소리를 듣다 보면,

지금 나에게 중요한 것이 무엇인지,

물건들이 가르쳐 준다.

그리고 앞으로 무엇을 해야 할지가 눈에 들어온다.

정리를 마치고 나는 옆에 있는 보쿠스를 지그시 바라 봤다.

"그만 봐! 난 정리하지 않아도 된다고!"

날뛰는 보쿠스의 입^{뚜껑}을 벌려 차례차례 상자들을 꺼 냈다.

잘도 이렇게 모아놨구나 싶을 정도로 작은 상자가 가 득히 들어 있다.

보쿠스의 가장 안쪽에서 화사한 분홍색 상자가 나왔다.

나는 소중한 그 상자를 꺼내 들었다.

어렸을 적에 무척 좋아하던 미제 인형 상자.

상자를 집어 들자 굵은 목소리가 들려왔다.

"Come to USA!"

아득히 먼 곳에서 나를 부르는 듯한 목소리였다.

바다 건너에 아직 더 정리할 방이 있다.

그곳에는 어떤 '수다스러운 방'이 기다리고 있을까.

미래가 정해진 것 같은 기분이 든다.

미코의 정리 노트

정리의 다섯 단계

Step 1
'이상적인 생활'을 떠올리기

정리를 하겠다고 마음먹은 계기는 무엇인가요? 물건을 버리기
전에 한번 정리의 목적을 차분히 생각해보세요. '정돈된
방에서 생활하는 모습'이 생생하게 떠오를 정도로 구체적으로
생각하는 것이 포인트입니다.

Step 2
'물건별'로 정리하기

정리를 못하는 까닭은 물건이 많기 때문! 물건이 늘어나는
것은 가진 물건의 총량을 파악하지 못하기 때문입니다.
물건의 양을 파악하려면 가진 물건을 카테고리별로 꺼내보는
것이 중요합니다. 정리할 때는 장소별이 아니라 물건별로
정리해보세요.

만지는 순간에 '설레는지 아닌지' 판단하기

정리의 비법은 '무엇을 버릴지'가 아니라 '무엇을 남길지'입니다. 남길 물건을 고를 때는 물건을 하나하나 들고 만져보는 것이 중요합니다. 몸의 반응을 느끼며 설레는 물건은 남기고 설레지 않는 물건은 버리세요. 이렇게 하면 자신이 갖고 있어서 행복하고 가슴 설레는 물건만으로 둘러싸인 생활을 손에 넣을 수 있어요.

'올바른 순서'로 정리하기

정리는 옷, 책, 서류, 잡화, 추억의 물건 순으로 진행하세요. 이 순서대로 정리하면 설렘을 기준으로 물건을 고르는 판단력과 감성이 연마되어 순조롭게 정리할 수 있습니다.

집에 있는 모든 물건의 '제자리' 정하기

'설레는 물건'을 다 골랐다면, '하나도 빠짐없이' 모든 물건의 제자리를 정하세요. 하나라도 제자리가 아닌 물건이 있으면 다시 어질러질 가능성이 단박에 높아집니다. 물건의 제자리를 정해두면, 사용한 후에 제자리에 되돌려두기만 해도 정돈된 집을 유지할 수 있어요.

정리를 위한 마인드셋

•정리는 축제•

매일 조금씩 해서는 정리가 끝나지 않는다. 정리는 한 번에
끝내야 하는 '축제'라고 생각하자. 물론 날마다 사용한 물건을
제자리로 돌려놓는 일상의 작업은 계속해야 하겠지만, '축제의
정리'는 일생에 한 번이라고 각오하고 단기간에 끝내야 한다.
일상의 연장선에 있는 정리 정돈이 아니라 자신의 인생을
통째로 바꾸는 대형 프로젝트라는 걸 명심한다. 정리란 매일
나의 생활을 지탱해주는 물건들의 집을 결정하는 신성한
행위다.

•설렘이라는 감각•

버릴 생각만 하고 정리하기보다는 무엇을 남길 것인가가 더
중요하다. 물건을 남길지 버릴지 정하는 기준은 '만졌을 때
설레는지 아닌지'이다.

　이때 일일이 집어 들고 만져보는 것이 가장 중요하다. 그
물건을 손에 쥐었을 때 마음이 설레는지, 몸이 반응하는지를
자신에게 물어보자. 물건을 잘 살펴보고 남겨야 할 물건을
가려내자. 이 과정을 반복하다 보면 만지는 순간에 가슴이
설레는지 아닌지 알 수 있다.

•물건의 역할•

'설레지는 않지만 버릴 수 없는' 물건은 그 물건이 지닌
진정한 역할을 생각해본다. 가령 샀을 때는 설레던 옷도
나중에 입어보면 어울리지 않을 수 있고, 시간이 흘러 설렘을
잃어버리기도 한다. 그럴 때는 '사던 순간 설레게 해줘서
고마워', '어울리지 않는 스타일을 알게 해줘서 고마워'라고
속삭인 뒤 버리자. 설렘과 깨달음을 준 것으로 그 옷은 이미
충분한 역할을 한 것이다.

•정리는 한 번에•

'한꺼번에 치우면 다시 원래대로 돌아간다' '다시 어질러지지
않도록 매일 조금씩 정리하라' 하고 세간에서 자주 듣는
정리 이론은 큰 착각이다. 한 번에 올바르게 정리해야 다시
어질러지지 않고 정돈된 상태를 유지할 수 있다.

정리의 올바른 방법은 설레는 물건만을 남기는 것과
사물의 제자리를 정하는 것. 이 두 가지만으로 한 번에 끝내야
결과가 눈에 보이고, 그로 인해 의식이 극적으로 바뀌어
지저분한 방으로 되돌아가지 않는다.

•일단 전부 꺼내기•

'물건별'로 정리할 때 가장 먼저 해야 할 일은 집 안에 있는
물건들을 하나도 빠짐없이 모아서 바닥이나 침대 등, 한곳에
모으는 것이다. 그렇게 하면 자신이 가진 물건의 총량을
파악할 수 있다. 생각 외로 많은 물건에 충격을 받거나, 같은
물건이 여러 개 있는 걸 알게 되기도 하고, 눈으로 보고
확인함으로써 정리를 효율적으로 진행할 수 있다. 게다가
물건이 수납장 안에 그대로 있으면 설레는지 아닌지 판단할 수
없다.

• 무조건 세우기 •

서류, 책, 옷 등 물건을 일단 세워서 수납하자. 서랍 속의
문구류, 스테이플러 심, 지우개도 세워둔다. 옷은 잘 개서 서랍
속에 세워서 수납하면 된다. 쌓아놓게 되면 공간을 제한 없이
사용하게 되어 물건이 무한정 늘어난다. 덧붙이자면, 산더미
같이 쌓인 아래쪽에 있는 물건은 꺼내기도 어렵고 잊히기 쉬워
설렘도 희미해지고 만다. 정해진 수납공간에 세워두면 물건이
늘어나더라도 바로 한눈에 알아차릴 수 있다.

• 우상향의 법칙 •

옷장 안에 옷을 걸 때는 옷자락 라인이 오른쪽으로 갈수록
올라가도록 건다. 사람은 우상향 라인을 편안하게 느끼므로
그 감각을 옷장 안에 응용한다. 코트, 재킷, 셔츠 등 같은
카테고리의 옷을 나란히 정리하는 것이 기본이다. 사람과
마찬가지로 옷도 비슷한 타입의 옷과 함께 있어야 안심할
것이다. 또한 너무 많이 채워 넣지 않도록 주의한다. 그렇게만
해도 옷장 앞에 섰을 때 마음이 설렐 것이다.

•종이접기 문화의 응용•

접을 수 있는 물건은 전부 종이접기 하듯이 접어둔다. 어떤
형태의 옷이라도 아주 작은 사각형으로 개보자. 이때 손가락
끝만 사용하지 말고 손바닥으로 꾹꾹 눌러가며 정성껏
쓰다듬어주면 손바닥의 열에 의해 주름이 팽팽하게 펴지고
옷감에 생기가 돈다.

•탯줄을 자른다•

가게에 놓여 있는 물건은 상품이기 때문에 어딘가 썰렁하고
서먹서먹한 분위기가 있다. 집에 가져와 가격표를 떼면
비로소 물건은 그 사람의 아이가 된다. 가격표를 떼지 않고
그대로 두면 전부터 그 집에 있던 '우리 아이들'의 기세에
눌려 존재감이 흐릿해지고 구석으로 밀려나다가 결국에는
잊히기도 한다. 따라서 옷을 사면 바로 태그를 떼어주자.
가게와 이어져 있던 '탯줄'을 자르고 자신의 집으로 맞이하자.

•색깔이 다른 자매•

디자인이 마음에 들어서 다른 색으로 산 옷 두 벌. 하지만
왠지 한쪽 색만 입는 경우가 많아, 다른 쪽 옷은 입을 기회가
적어지는 경우가 많다. 이럴 때 '색이 다른 옷 자매'가 옷장에서
싸우는 소리가 들려온다. 정말 이상한 점은 디자인도 색도
완전히 똑같은 옷을 두 벌 사더라도, 대부분 사람이 어느
하나만 입는다는 사실이다. 서로 질투하거나 말다툼을
계속하는 색이 다른 자매가 있다면 어느 한쪽과는 과감히
작별하는 것이 좋다.

•책 깨우기•

책을 정리할 때는 우선 책장에서 책을 모두 꺼내는 작업을
절대 건너뛰어서는 안 된다. 책장에 넣어둔 채 오랫동안
손대지 않은 책은 '잠들어' 있다. 잠자고 있는 책은 눈으로만
보면 설렐지, 설레지 않을지 감이 오지 않는다. 물리적으로
책을 움직이거나, 환기를 통해 자극을 줘 책을 깨우는
데서부터 시작하자. 쌓여 있는 책의 표지를 가볍게 두드리거나
책 더미를 향해 합장한다. 책을 잠에서 깨운다면 설레는
감각이 확실해질 것이다.

• 단물 빠진 책과 마른오징어 책 •

친구에게 졸라서 받은 책을 처음에는 푹 빠져서 읽었지만,
이제는 만져도 설레지 않는다면 그건 '단물이 빠진 책'이다.
몇 번이나 읽히고 맛이 다하여 본래의 감칠맛이나 깊은 맛이
빠져버린 책이 있다면 버리라는 신호다. 반대로 몇 번을
읽어도 재밌고 오히려 시간이 흐를수록 점점 맛이 깊어지는
마른오징어 같은 책도 있다. 책 정리는 다시 만나고 싶었던
문장이나 책에 얽힌 기억을 발견하는 작업이다.

• 대사증후군 주방 •

답례품으로 받았지만 상자에서 꺼내지도 않은 컵, 언제
사용할지도 모르는 믹서기, 잔뜩 사들인 통조림, 대량의 잼과
빈 푸딩 병…. 주방은 물건을 너무 쌓아둬서 대사증후군이
되고 있다. 특히 지진 같은 자연재해를 비롯해 비상시를
대비하여 필요 이상으로 사재기하는 사람이 늘고 있다. 비축
물품을 적정하게 관리하기 위해서는 모든 물건을 꺼내서
수량을 세어보자. 한 달 치, 일주일 치 단위로 자신의 생활에
필요한 물건의 양을 정해 수납공간에서 넘치지 않게 관리한다.

• 예쁜 무지개 •

정리에서는 기능이나 성질이 비슷한 물건을 가까이 수납하는
것이 팁이다. 주방이라면, 젓가락 가까이에 젓가락 받침을
놓는 식으로. 카테고리를 구분하기 어려운 소품도 '전기'
관련이라고 생각되는 컴퓨터 관련 기구나 코드를 모아두는
것이다. 약간의 연상 게임을 반복하면서 비슷한 물건끼리
그러데이션으로 배치하면 좋다. 한마디로 수납이란 다양한
물건을 조화시켜 예쁜 무지개를 만드는 작업이다.

• 어수선한 라벨 •

투명 케이스에 붙어 있는 스티커나 탈취제 패키지 등. 언뜻
제대로 수납한 듯 보이지만, '충분한 수납!'이나 '순간! 탈취'
같은 홍보 문자가 그대로 붙어 있다. 이는 물건이 적고 정리를
잘 하는 사람조차 빠지기 쉬운 실수로, 완벽까지 가는 데
'한 걸음' 부족한 상태이다. 시야에 들어오는 글자는 마치
잡담처럼 공간을 떠돌며 실내를 어수선하게 한다. 사 온
물건의 포장지나 필름은 바로 떼어낼 것! 그것만으로도 한층
안락함이 더해진다.

•태양 작전•

가족 또는 동거인이 함께 정리해주길 바란다면 이솝우화의
「해님과 바람」을 참고하자. 이 이야기에는 억지로
권하기보다는 자연스럽게 행동을 촉구하는 것이 좋다는
교훈이 담겼다. 정리할 때도 상대에게 잔소리나 설교를
하기보다는 먼저 묵묵히 자신의 물건을 정리하는 데 집중한다.
그러면 가족이나 동거인도 스스로 정리를 시작하게 된다.
신기하게도 정리는 연쇄하는 성질이 있어서 동거인의
어지럽혀진 물건에 짜증이 났다면 조용히 태양 작전을
실행해보자.

•정리는 작은 이사•

이사는 단지 거주지를 옮기는 것뿐이 아니라, 앞으로의
자신에게 맞는 라이프 스타일을 찾을 절호의 기회이다.
새로운 생활에 필요한 물건만 골라내자. 정리도 작은 이사나
다름없다. 사용하지 않는 액세서리나 헤어진 연인에게 받았던
편지, 엄마가 골라준 옷을 과감히 버려야 설레는 물건으로만
둘러싸인 자신의 행복을 손에 넣을 수 있다. 정리는 인생을
극적으로 바꿔주는 마법이다.

• 고맙다는 한마디를 잊지 말기 •

물건에게 고마워하는 마음을 갖자. 집에 돌아와 옷을 벗을
때, 액세서리를 뺄 때, 가방을 옷장에 넣어둘 때는 물건에게
"고마워!"라는 한마디를 건네자. 평소 자신을 지켜주는
물건들에게 감사하면 그들은 나의 편이 되어준다. 물건을 버릴
때도 "처음 샀을 때 설렘을 줘서 고마워" "지금까지 함께해줘서
고마워"라고 인사한 뒤에 작별하자. 버리는 일은 물건을
소홀히 여기는 게 아니라, 감사하는 마음을 담아 물건을
떠나보내주는 일이다.

옮긴이 김윤경

일본어 번역가. 다른 언어로 표현된 저자의 메시지를 우리말로 옮기는 일의 무게와
희열 속에서 오늘도 글을 만지고 있다. 옮긴 책으로는『오늘 밤, 세계에서 이 눈물이
사라진다 해도』『어느 날, 내 죽음에 네가 들어왔다』『봄이 사라진 세계』『네가
마지막으로 남긴 노래』『철학은 어떻게 삶의 무기가 되는가』『왜 일하는가』『적당히
느슨하게 조금씩 행복해지는 습관』등 80여 권이 있으며 출판번역 에이전시
글로하나를 운영하고 있다.

수다스러운 방

초판 1쇄 인쇄 2023년 7월 6일
초판 1쇄 발행 2023년 7월 14일

지은이 곤도 마리에 & 가와무라 겐키
옮긴이 김윤경

편집인 이기웅
책임편집 김혜영
디자인 정해지
마케팅 유인철, 이주하
제작 제이오

출판등록 제2020-000145호(2020년 6월 10일)
주소 서울시 강남구 테헤란로 332, 에이치제이타워 20층

ⓒ 곤도 마리에 & 가와무라 겐키

ISBN 979-11-92579-76-4(03830)